F.

Né en 1972 à Bergame, en Italie, Fabio Volo est auteur, acteur et animateur de radio et de télévision. Véritable phénomène en Italie, chacun de ses livres s'est vendu à plus de 500 000 exemplaires.

Après *Une journée de plus* (Fleuve Éditions, 2010), son quatrième roman et le premier publié en français, il publie *Te retrouver* (Michel Lafon, 2015) et *Ainsi va la vie* en 2016 chez le même éditeur.

AINSI VA LA VIE

FABIO VOLO

AINSI VA LA VIE

*Traduit de l'italien
par Élise Gruau*

Titre original :
È TUTTA VITA

MIXTE
Papier issu de
sources responsables
FSC® C003309

Pocket, une marque d'Univers Poche,
est un éditeur qui s'engage pour la préservation
de son environnement et qui utilise du papier fabriqué
à partir de bois provenant de forêts gérées
de manière responsable.

© 2015 Mondadori Libri S.p.A., Milano
© Éditions Michel Lafon, 2016
ISBN : 978-2-266-27460-9
Dépôt légal : février 2018

À Johanna

The important thing is what comes next, and are you ready for it ?

Keith RICHARDS

Pour un couple heureux, rien n'est plus dangereux qu'un enfant.

L'enfant n'est pas un ciment pour le couple, mais un détonateur qui peut exploser à distance, à l'autre bout de la pièce. Il faut vouloir être ensemble à tout prix, être prêt à se battre pour retrouver une complicité, pour pouvoir tendre la main et retrouver encore l'autre au bout. Sans la volonté, sans le désir d'être ensemble, les enfants peuvent être une merveilleuse excuse pour s'en aller.

Tout en somnolant, je continuais à y penser, tandis que mon petit mensonge à propos de mon voyage à Berlin me tourmentait : dans quelques heures, j'allais monter dans un avion et me retrouver à des centaines de kilomètres de distance de ma famille.

Sofia était en train de prendre sa douche, le bruit de l'eau m'avait réveillé. Leo, étrangement, dormait. Une des rares trêves qu'il nous concédait.

J'avais pris l'oreiller de Sofia, l'avais placé sur le mien et m'étais appuyé contre le mur. En remuant un peu le dos, j'avais cherché une position qui me permettrait de regarder autour de moi confortablement.

Tout était blanc : les murs, le plafond, l'armoire, la commode.

Encadré face à moi se trouvait un écriteau dérobé dans un hôtel : NE PAS DÉRANGER.

Il se trouvait là depuis des années, si bien que, d'ordinaire, je ne le remarquais même plus. Si l'on veut faire disparaître quelque chose de notre vue, inutile de le cacher, il suffit de l'avoir en permanence sous les yeux : un bibelot, un tatouage, une épouse.

J'avais encadré l'écriteau et l'avais offert à Sofia quand elle était venue s'installer avec moi.

Je l'avais volé dans l'hôtel où nous avions passé notre premier week-end ensemble. J'avais essayé d'être discret tandis que je le glissais dans mon sac, je voulais que ce soit une surprise.

Je l'avais fait parce que, au cours de ce week-end, j'avais senti qu'elle était la femme avec laquelle je voulais passer le restant de ma vie. Bien que nous ne nous fréquentions que depuis moins d'un mois, je n'avais alors aucun doute. Et en effet, c'est ce qui s'est passé.

Si l'on m'avait demandé d'où venait mon assurance, pourquoi précisément cette femme, je n'aurais pas su quoi répondre. Je n'en connaissais pas la raison, je ne savais pas, peut-être ne l'ai-je jamais su.

Mon unique certitude est que je n'aurais pas pu choisir quelqu'un d'autre. C'était elle. Un point c'est tout.

Dès lors que je l'avais rencontrée, ça avait été comme si quelque chose avait commencé à me parler pour la première fois, quelque chose de profond. Comme la réponse à une question que je portais en moi et dont je n'avais pas conscience. Une réponse nouvelle. La mienne.

Dès le début, j'avais eu la sensation qu'elle m'était indispensable, qu'elle était indispensable à ma vie, bien plus encore que moi-même. Je n'avais plus à chercher ailleurs. Je sentais qu'avec elle j'allais m'engager, prendre des risques, sans savoir exactement lesquels.

Elle n'était pas la personne parfaite avec laquelle on pouvait se caser sans efforts, cela je n'y avais jamais cru. Mais c'était comme une interdépendance de notre conscience, au-delà de nous. Quelque chose d'elle était déjà en moi, avant même notre rencontre.

Je regardais l'écriteau NE PAS DÉRANGER, et c'était vraiment la phrase parfaite de ce moment-là, le message que nous voulions donner au monde : ne nous dérangez pas, foutez-nous la paix, nous n'avons besoin de rien.

Le monde était curieux de nous, mais nous n'avions de temps pour personne.

Je me souvenais très bien de ce week-end, tout avait été parfait.

J'avais demandé conseil à Mauro sur le lieu où je pouvais l'emmener, car si quelqu'un s'y connaît en matière d'hôtels, de Spa et de centres de bien-être, c'est bien lui. C'était un endroit merveilleux où, si l'on en a envie, on peut passer tout son temps en peignoir.

Le voyage en voiture, la musique, l'air qui entrait par les fenêtres, et nous qui riions de tout et de tous, nous étions heureux comme les personnages d'un film américain. Nous nous sentions puissants, capables de tout. Le monde était à nos pieds. Quelle qu'eût été notre destination, cela n'aurait rien changé, il nous suffisait d'avoir un endroit capable d'accueillir notre bonheur.

Et tandis que la voiture avançait, mon seul désir était d'arriver le plus vite possible pour pouvoir la dévorer. J'avais tellement envie de lui mordre le cou que je n'arrêtais pas de me mordre les lèvres. Je souffrais de devoir attendre. Pendant cette période, il me suffisait d'un échange de textos pour être excité et bander. Sofia était tellement sexy que je pouvais l'imaginer marchant pieds nus toute la journée. Un après-midi, au travail, j'avais dû aller aux toilettes pour me masturber, tant penser à elle me faisait exploser.

Arrivés à l'hôtel, nous avons commandé une bouteille de champagne et nous sommes montés dans la chambre. Dans l'ascenseur, nous avons échangé un baiser qui a duré trois étages. Ensuite, nous nous sommes assis sur le balcon pour regarder la mer.

— Viens, lui ai-je dit en tapotant ma jambe du plat de la main. Assieds-toi là.

Elle a mis un bras autour de mon cou, elle tenait le champagne d'une main et, de l'autre, elle m'a attiré à elle et m'a embrassé sur la bouche. Un long et lent baiser. J'ai glissé une main sous son haut et lui ai caressé les seins.

Nous nous sommes regardés dans les yeux.

Je l'ai soulevée, portée jusque dans la chambre et nous sommes tombés sur le lit.

Je ne me souviens pas de combien de fois nous avons fait l'amour.

J'ai encore à l'esprit de très nettes images de son corps nu, même après toutes ces années. La peau en nage, la courbe du dos, les cuisses souples et chaudes.

Nous avions ri car après avoir fait l'amour elle avait de la sueur dans le nombril.

Peut-être que le meilleur avait eu lieu là, et que nous aurions dû nous dire adieu et rester notre meilleur souvenir.

Quand j'y pensais, je ressentais un manque, non pas des moments, mais le manque des deux personnes que nous étions alors, que nous n'avons plus été capables d'être. Si légers et simplement heureux.

J'aurais voulu revenir dans cet hôtel pour voir si ces deux-là étaient encore présents, avec leurs peignoirs blancs, ou bien nus dans leur lit en train de discuter, rire, être l'un sur l'autre malgré la chaleur de la fin juillet.

La Sofia dont j'étais tombé amoureux en une seconde me manquait, celle qui avait ravi mon âme en un regard, et que j'arrivais toujours à faire rire. Qu'est-ce qu'elle était belle quand elle riait ainsi !

Tandis que, désormais, quand je regardais ce NE PAS DÉRANGER, je me sentais mal, parce qu'il me rappelait qui nous avions été et qui nous étions devenus.

Ce petit écriteau racontait une disparition.

Comme si, en étant ensemble, nous nous étions dévorés l'un l'autre. Je détestais Sofia pour ce qu'elle avait fait de moi, et je me sentais coupable de ce que j'avais fait d'elle.

Peut-être avais-je tenu quelque chose de trop fragile, de trop précieux entre mes mains, et n'avais-je pas su en prendre soin.

Et pourtant, nous étions bien partis, pendant un moment, tout avait paru clair, ce que je voulais et ce que je ne voulais pas. Par la suite, je ne sais pas ce qui s'est passé, peut-être un moment de distraction, de la peur, ou pire, de l'orgueil. Mais soudainement, tout a pris une autre voie.

Le secret d'une relation n'est pas de continuer à s'aimer, c'est d'accorder les deux personnes que l'on devient en étant ensemble.

– 2 –

Un après-midi, cinq années auparavant, un désastre s'était produit.

Mauro devait m'apporter des enceintes stéréo qu'il gardait dans un cagibi et dont il ne se servait plus. Mauro et Sergio sont mes meilleurs amis. Ils savent de moi des choses que Sofia n'imagine même pas.

Je venais d'acheter un tourne-disque et un ampli d'occasion, il ne me manquait plus que les enceintes. Mais chaque jour Mauro avait un empêchement et ne venait pas, de sorte que j'avais décidé d'aller les chercher directement chez lui.

— Je passe chez toi ce soir.

— Ce soir, non. Demain.

— Non, j'en ai besoin aujourd'hui. Une fille doit venir chez moi et je veux lui faire écouter quelques disques.

— Qui est-ce ?

— Celle de la salle de gym, j'ai besoin d'aide, elle ne m'a pas l'air convaincue.

— Quel genre d'aide ?

— Coltrane, Chet Baker, Massive Attack. J'ai un disque de Sonny Rollins qui est une véritable bombe.

17

— Après le travail, je vais manger des sushis avec Michela, et nous ne repassons pas par la maison. Tu peux dans une petite heure ? Passe à mon bureau, nous irons chez moi et ensuite tu me raccompagneras.

— Ça marche, à 15 heures je serai là.

— Tu es vraiment casse-couilles...

— Je sais.

À 15 heures, j'attendais Mauro en bas de son bureau, à 15 h 20, nous nous garions en bas de chez lui.

Nous avons gravi les escaliers en parlant de la fille avec laquelle j'avais rendez-vous le soir.

Devant la porte, on pouvait entendre de la musique venant de l'intérieur de l'appartement.

— Michela a dû oublier d'éteindre la chaîne.

— Je peux comprendre qu'on oublie d'éteindre les lumières, mais la chaîne hi-fi...

Et je l'ai regardé, étonné.

— Elle est vraiment étourdie. Peut-être qu'elle était au téléphone. Si tu savais le nombre de fois où, en rentrant à la maison, j'ai trouvé les clés dans la serrure ! Et après, c'est elle qui vient me tanner parce que j'ai pas rabaissé la lunette des toilettes !

Quand nous sommes entrés, je suis allé directement prendre les enceintes, je voulais faire vite. Mauro a retiré sa veste, l'a accrochée dans l'entrée puis est allé éteindre la musique.

Tandis que je m'apprêtais à sortir du cagibi, de curieux gémissements nous parvenaient dans le silence.

Je me suis arrêté, Mauro est apparu à la porte du cagibi et m'a regardé avec la même interrogation sur le visage.

Il s'est dirigé vers la chambre à coucher. Toutes les cellules de mon corps espéraient qu'il ne s'agisse pas de ce que j'imaginais.

Une enceinte dans la main, je lui ai emboîté le pas. Les gémissements ont cessé, interrompus par un cri de Michela.

Quand je suis arrivé sur le seuil, elle était en train de se couvrir d'un drap, comme si Mauro la voyait nue pour la première fois, et à côté d'elle se trouvait un homme plus ou moins de notre âge.

La fenêtre ouverte et la musique à pleins tubes les avaient empêchés de nous entendre arriver.

La réaction de Mauro m'a surpris, on ne peut jamais savoir comment on va réagir dans une situation pareille jusqu'à ce que cela nous arrive : on peut imaginer qu'on va rouer de coups l'homme qui se trouve dans notre lit, ou bien gifler la femme, ou bien encore tout casser.

Je n'oublierai jamais son expression. Chaque fois que je me la remémore, j'éprouve pour lui un sentiment de profond amour, mais qui me brise le cœur, exactement comme ce jour-là. Il a regardé Michela et n'a prononcé qu'un mot : « Pourquoi ? » Puis il a murmuré à mon intention : « Allons-nous-en. »

Lui précisément, qui avant de rencontrer Michela avait toujours été méfiant et ne croyait pas dans les relations stables, se retrouvait trahi. Et de la pire des façons.

Nous sommes montés en voiture et sommes restés immobiles pendant au moins une demi-heure. Je n'ai rien dit, je voulais seulement être avec lui et je savais que les mots étaient inutiles. Ni lui ni moi ne sommes retournés travailler. Je m'apprêtais à appeler Sergio, mais Mauro n'a pas voulu, il préférait être seul avec moi. Cela aurait été difficile pour Sergio qui, depuis qu'il a un enfant, a pratiquement disparu de la circulation.

L'histoire entre Mauro et Michela s'est terminée cet après-midi-là. Quant à moi, j'ai appelé la fille de la gym que j'avais invitée pour reporter notre rendez-vous.

— Tu n'es pas obligé d'annuler ta soirée pour moi, au contraire, rappelle-la et dis-lui de venir. Ensuite tu la baises jusqu'à lui faire mal. De toute façon, ce sont toutes des salopes qui ne veulent que ça. Le reste, ce ne sont que des conneries.

Nous sommes restés ensemble chez moi. Nous avons beaucoup parlé, parlé et bu.

— Je pourrais te faire écouter de la musique sublime, mais malheureusement, je n'ai pas d'enceintes, ai-je dit pour lui décrocher un sourire.

— À cause de cette chienne, tu peux le dire.

— C'est ça.

Il a levé les sourcils un instant, puis poussé un long soupir.

— Ce n'est peut-être pas seulement de sa faute. La responsabilité est toujours partagée.

— Bravo, tu fais preuve d'une grande maturité, lui ai-je dit, mais tu peux attendre demain pour être raisonnable et adulte, ce soir il est encore trop tôt.

Le lendemain matin, je suis allé au travail, lui a pris une journée de congé. Il devait se sentir bien sur mon canapé, parce qu'il y a élu domicile sans même me demander mon avis.

Les trois premiers jours, j'étais content de l'héberger, je ne voulais pas qu'il reste seul. Un soir, tandis qu'il salait l'eau pour les pâtes, il m'a demandé :

— Tu veux une petite sauce, ou ça te va, huile et parmesan ? Ce serait bien si j'emménageais ici avec toi, qu'en dis-tu ? a-t-il ajouté avant même que je puisse répondre à la première question.

— Je dis que huile et parmesan, ça me va très bien.

Sergio nous a rejoints après le dîner.

Au beau milieu d'un silence, j'ai lancé :

— Et pourquoi nous ne partirions pas en week-end ensemble ?

Ils m'ont regardé sans un mot.

— On prend la voiture et on s'en va quelque part. Ça fait un bail qu'on ne l'a pas fait, ai-je insisté.

— Je ne pense pas pouvoir venir, du moins pas ces temps-ci, a répondu Sergio.

— C'est dingue, on dirait que tu es le seul sur terre à avoir un enfant. On partirait deux jours, pas un mois !

Mauro était nerveux.

Sergio l'a regardé de travers.

— C'est toi qui le lui demandes, à la reine ?

— Je me charge d'en parler à Lucia, tu verras qu'elle ne me dira pas non, ai-je dit.

— Et on irait où ?

— Il y aurait bien quelque chose de formidable...

— Quoi donc ?

— Un concert des Rolling Stones à Rome, ven-dredi.

— Ils jouent encore ? a demandé Sergio.

— Toujours !

— Ils ont quel âge ?

— Je pense qu'ils ont tous plus de soixante ans, mais si tu fais la course avec eux, ce sont eux qui gagnent.

— Avec tout ce qu'ils ont pris.

— Il paraît qu'ils vont en Suisse pour se faire changer le sang.

— Regarde sur Internet s'il y a encore des places.

— Et pourquoi nous n'irions pas plutôt à la mer ? a proposé Mauro, qui était resté silencieux.

— Absolument, a répondu Sergio.

— On peut y aller tout le temps, à la mer. Là, c'est un concert historique, imaginez que ce soit le dernier, étant donné leur âge... Allez, quoi !

— OK.

— Ça marche.

Je me suis tourné vers Mauro.

— Je m'occupe de tout, de l'hôtel, des billets et du reste. C'est mon cadeau pour ton anniversaire.

— Nous sommes en juillet et mon anniversaire est le 2 octobre.

— Je sais, mais je ne peux pas modifier la date pour tes beaux yeux. Ce sera le week-end « Que Michela aille au diable, vive les Rolling Stones ! » Passe-moi ton téléphone, Sergio, que j'appelle ta femme.

— Laisse tomber, si c'est toi qui lui demandes, elle va se fâcher en disant que je la fais passer pour une conne qui m'interdit tout.

— Ce qui, par ailleurs, est vrai, a remarqué Mauro.

— Bien sûr que c'est vrai, mais personne ne doit le savoir. Je m'en occupe, je vais lui dire que c'est pour t'aider à surmonter ce moment difficile. Elle appellera sa mère pour l'aider avec la petite.

À 9 heures du matin, ce vendredi 6 juillet, nous étions en voiture, direction Rome.

J'avais préparé quelques playlists pour le voyage, une des Rolling Stones pour rafraîchir la mémoire de Sergio et Mauro. Moi je n'en avais pas besoin, j'étais le seul vraiment emballé d'assister à ce concert.

— Celui qui baise pendant ce week-end ne paie pas l'essence au retour.

Notre dernière virée ensemble de plus de cinq heures remontait à vingt-cinq ans en arrière, un Milan-Cadaqués avec la Micra de Sergio. Un voyage inoubliable.

Dans un moment d'excitation stupide, Mauro avait proposé un jeu : il était interdit de jeter quoi que ce soit, papiers, sacs plastique, bouteilles, canettes. Tout ce qui était consommé dans l'habitacle de cette voiture devait y rester jusqu'au retour à la maison. Il n'existait pas de jeu plus bête, inutile et dépourvu de sens, mais nous l'avions accepté sans hésiter. Je me souviendrai toujours de l'état de la Micra de Sergio à notre retour à Milan. La seule façon de la nettoyer aurait été de la brûler.

C'était bon de partir à nouveau ensemble. Nous avions décidé de ne pas citer le prénom de Michela, mais cela fut impossible. Pendant ce séjour, elle était toujours présente, surtout dans les silences.

— Tu sais ce qui me rend le plus dingue ?

— Le fait qu'ils étaient dans votre lit ? a dit Sergio.

— À part ça... C'est de ne pas savoir quand elle a commencé à me mentir, ne pas savoir ce qui est vrai et ce qui est faux dans tout ce qu'elle m'a dit au cours de ces deux années. Je n'arrive pas à faire la part entre les mensonges et les choses sincères.

— Une nana qui baise son collègue dans votre lit n'a pas grand-chose de sincère à dire, a tranché Sergio.

— Mais vous savez qu'ils sont ensemble ? Il ne s'agit pas juste d'une partie de baise, ils sont vraiment ensemble. Je ne sais même pas si c'est mieux ou pire, je suis seulement révolté par la facilité avec laquelle on peut passer d'une personne à l'autre comme ça, en une seconde.

Une fois à Rome, nous avons pris une douche à l'hôtel et sommes sortis dans la foulée pour aller manger et nous promener dans la ville.

Nous avons commandé des bières à la terrasse d'un bar. Tout semblait parfait, la journée, la température, la lumière, l'immeuble et la fontaine qui se trouvaient face à nous. Et dans quelques heures, le concert des Stones.

— Je me demande ce qu'ils font en ce moment... Ils sont à l'hôtel ? Ils font la balance ?

— À mon avis, ils s'offrent une petite sieste, a répondu Sergio.

Nous avons ri en imaginant Mick Jagger en pyjama et pantoufles.

J'ai alors remarqué deux filles en train de discuter. L'une d'elles était de dos, je ne pouvais voir son visage. Elle portait une robe légère couleur noisette. J'ai détaillé ses épaules découvertes, ses cheveux raides et châtains qui arrivaient juste au-dessus de ses omoplates, la forme de ses hanches, ses chevilles. *Maintenant, retourne-toi, maintenant, retourne-toi, maintenant, retourne-toi*, ai-je répété mentalement, mais sans succès, elle ne se retournait pas. De plus en plus curieux, impatient, attendant qu'elle se retourne, j'ai commencé à l'inventer, à l'imaginer. Les yeux, le nez, la bouche. Plus je jouais avec les traits de son visage, plus grandissait en moi l'envie de la découvrir : *Allez, je compte jusqu'à cinq et, à cinq, tu te retournes. Un, deux, trois, quatre, cinq !* Et à ma grande stupéfaction, cela s'est produit : à cinq elle s'est retournée. Elle était complètement différente de ce que j'avais imaginé. Elle m'a paru magnifique. J'ai continué à la regarder, elle me plaisait.

Le contre-jour laissait apparaître la silhouette de ses jambes sous sa robe. Je ne pouvais pas encore savoir que dans cette lumière glissant entre ses jambes se cachait mon destin.

C'est la première fois que j'ai vu Sofia.

3

J'ignore s'il existe un dessein divin, si les personnes qui se rencontrent sont destinées à le faire ou si la vie est seulement une série de coïncidences et d'inconnues agencées par le hasard. Je n'ai jamais eu une idée claire à ce sujet, je peux seulement dire que certains événements de notre vie évoluent de façon si synchronisée qu'ils laissent à penser qu'ils sont guidés par quelque chose.

Quand Sofia est entrée dans ma vie, j'ai eu cette sensation.

À la table voisine de la nôtre se trouvait un couple de touristes, je me rappelle les avoir entendus parler allemand. Quand ils se sont levés, les deux filles se sont assises à côté de nous. En tendant le bras, j'aurais pu les toucher.

Sergio les a saluées et, quelques minutes plus tard, nous étions déjà en train de bavarder ensemble. Elles étaient à Rome pour le travail et devaient rentrer à Bologne le soir même.

Quand Sofia et moi avons commencé à parler, sans le vouloir, nous nous sommes isolés des autres, nous étions déjà absorbés par notre échange, pleins de curiosité et d'attention. Elle m'a séduit en un instant. Ce n'est pas sa beauté qui m'a touché, mais quelque chose d'invisible, comme la puissance d'un aimant. Sofia m'est apparue immédiatement comme différente des autres femmes que j'avais connues, différente aussi de celle dont j'avais toujours rêvé, que j'avais toujours désirée, imaginée. Elle était une femme à laquelle je n'avais jamais pensé auparavant, elle était authentique et nouvelle.

J'aimais sa façon de bouger ses mains, de sourire, de rire, de rabattre ses cheveux derrière ses oreilles. Il était facile de la faire rire et de rire de ce qu'elle disait. Nous avons découvert que nous avions beaucoup de choses en commun, mais ce qui nous liait le plus était ce que nous n'aimions ni l'un ni l'autre. Nous détestions les mêmes choses.

Lors de notre première rencontre, à aucun moment je n'ai eu la sensation qu'elle essayait de me plaire. Elle semblait sincère, ne craignant pas d'être jugée ni de se tromper, et elle avait le sens de la dérision. Une qualité qui m'a toujours fasciné.

Elle semblait déclarer : *Ce que tu vois est ce que je suis*. Sofia était à l'aise et spontanée, de façon si désarmante qu'elle me poussait à l'être moi aussi.

Tandis qu'elle riait, elle a posé une main sur la mienne, un geste rapide et tant inattendu qu'il a suffi à me procurer un frisson. J'aurais voulu parler avec elle pendant des heures, mais le temps a filé sans que nous nous en rendions compte.

— Messieurs, nous devons y aller, a soudainement dit Sergio.

Déçu, j'ai regardé Sofia :

— Pourquoi ne venez-vous pas au concert avec nous ? On trouvera bien deux places devant le stade.

— Notre train est dans peu de temps, a répondu Elisabetta, son amie.

Nous nous sommes donc dit au revoir mais, en marchant, je pensais à combien j'avais été idiot de ne même pas lui avoir demandé son numéro de téléphone.

Avant de monter en voiture, j'ai couru en vitesse jusqu'au bar en espérant qu'elle serait encore là. Une fois face à elle, je lui ai dit dans un souffle :

— Pourquoi ne m'as-tu pas demandé mon numéro ? J'ai dit quelque chose qu'il ne fallait pas ?

Elle a ri, a saisi mon téléphone et a commencé à pianoter.

— Tu te souviens de mon prénom, ou je mets « fille bar Rome » ? m'a-t-elle demandé avec un regard malicieux.

J'ai souri.

Quand j'ai rejoint Sergio et Mauro, je me suis rendu compte que j'étais heureux.

— Putain, Nicola, tu as passé la soirée à parler avec celle-là, mais elle n'arrive pas à la cheville de sa copine, m'a dit Mauro.

— Tu n'as jamais rien compris aux femmes, ai-je rétorqué.

— C'est vrai, mais l'autre, elle couche.

— Eh quoi, Sofia non ? s'en est mêlé Sergio.

— Plus elles sont belles, moins elles sont bonnes. En tout cas, celle avec laquelle je parlais m'excitait comme un fou. J'ai même pensé l'emmener aux toilettes. Il y a eu un moment où, si je le lui avais demandé, elle aurait accepté.

— Mais qu'est-ce que tu racontes ? a répondu Sergio.

— Tu n'as pas vu comment elle me regardait ?

— Le seul moment où elle a voulu aller aux toilettes, ce n'était pas pour baiser avec toi mais pour se pendre avec la corde de la chasse d'eau après le récit de ton histoire avec ton ex. Que tu nous abreuves, nous, toutes les cinq minutes, ça passe, ça fait partie du jeu. Mais tu ne peux pas soûler tous les inconnus que tu rencontres. Tu n'as pas vu comment le pompiste te regardait à la station-service de l'autoroute ?

Mauro n'a pas répondu, il a encaissé la critique et est resté silencieux quelques instants, avant d'ajouter :

— En tout cas, je suis sûr qu'elle serait venue baiser aux toilettes. C'est moi qui suis stupide de ne pas avoir essayé, et ce uniquement parce que je ne le sens pas encore, car autrement, tu serais là en train de t'excuser et je ne paierais pas l'essence au retour.

— Ce n'est pas la peine de t'énerver comme ça, ton problème, c'est qu'avec les femmes tu es aussi passionnant qu'un film porno après qu'on a joui !

Pendant qu'ils déconnaient avec leurs fantasmes, j'ai envoyé un message à Sofia.

Voici mon numéro. Si tu ne te souviens pas de mon prénom, tu peux mettre « mec bar Rome ».

Je croyais qu'elle allait me répondre tout de suite, mais pas du tout. En attendant, je relisais en boucle ce que je lui avais écrit, comme pour me rassurer quant au ton employé.

Nous sommes arrivés au stade où avait lieu le concert, la scène était gigantesque, les gens à fond, ça allait être énorme.

— Ça sera quoi le premier morceau ? m'a demandé Mauro.

— *Start Me Up*, je pense. Ou bien *Jumpin' Jack Flash*.

Un message est arrivé : Je ne sais pas qui tu es. Peut-être t'es-tu trompé.

— J'y crois pas, ai-je dit à voix haute, elle m'a donné un mauvais numéro !

— Je te l'avais dit, ce sont toutes des connes, a immédiatement souligné Mauro.

— Elle n'en avait pas l'air.

— Peut-être s'est-elle trompée en le composant ?

Mais moi, j'en étais malade.

Mais quelques secondes plus tard, un autre texto est arrivé : Ont-ils déjà joué *Brown Sugar* ?

J'ai souri, nous avons commencé une discussion par messages interposés.

— Ils n'ont pas encore commencé.

— Maintenant que tu as mon numéro, que va-t-il se passer ?

— Demain je vais t'appeler.

— Et après ?

— Et après nous allons nous revoir.

— À quelle heure commencent les petits vieux ?

— Dans quelques minutes, tu as encore le temps d'arriver. Où êtes-vous ?

— Nous allons à l'hôtel chercher nos bagages, puis à la gare.

— Tu aurais dû venir au concert.

— Tu n'aurais pas dû partir.

— Je crois que tu as raison.

— Dis bonjour à Mick de ma part.

— Dis au chauffeur de taxi de te conduire ici.

— *You can't always get what you want.*

— *Maybe.*

Nous avons arrêté de nous écrire. J'ai relu tous les messages.

Sergio était allé chercher des bières. Nous avons trinqué. J'étais plein d'énergie, j'étais avec mes meilleurs amis et le concert de mon groupe préféré était sur le point de commencer.

Je suis resté silencieux pendant un moment, à observer la scène.

Des images de Sofia continuaient d'affluer dans mon esprit : son dos, ses cheveux lisses, sa robe couleur noisette.

Je me suis tourné vers Sergio et Mauro.

— Je vous appelle plus tard, je dois y aller.

— Aller où ?

— À la gare, pour voir Sofia.

— Putain mais qu'est-ce que tu racontes ? Tu as perdu la tête ?

— Personne ne va te la voler, tu te la feras la semaine prochaine !

— À plus tard.

— Mais tu délires ! Tu as vu les embouteillages devant le stade ? Tu vois où est la gare ? Tu n'arriveras jamais à temps.

Ils ont continué à tenter de me dissuader, mais je n'entendais plus rien. Quand les lumières ont commencé à s'éteindre, j'étais déjà loin.

J'ai entendu exploser un son, et sur les premières notes de *Start Me Up*, j'ai quitté le stade pour aller la retrouver.

Je ne savais pas ce qui me rendait si léger. Il m'a fallu du temps, mais j'ai fini par comprendre : j'étais heureux d'avoir rencontré une personne qui avait la force de me pousser à faire ce genre de choses.

4

Quand je suis arrivé à la gare, j'ai repéré le quai pour Bologne et je me suis mis à courir : elle ne savait pas que je venais la retrouver, je ne l'avais pas prévenue. Si je n'étais pas arrivé à temps, je ne le lui en aurais jamais parlé.

Je l'ai vue marcher le long du quai, mais je suis resté à distance.

Je voulais la suivre jusqu'à son wagon, et surgir au dernier moment pour lui dire : « Je peux vous aider ? » Je me demande la tête qu'elle aurait faite. Mais quelque chose a enrayé mon plan. Tandis qu'elle parlait avec Elisabetta, elle s'est retournée sans raison. Pris par surprise, je n'ai pas eu le temps de me cacher. L'expression de son visage quand elle m'a vu a justifié toute la folie de mon geste.

Elle n'a pas dit un mot, et quand je suis arrivé près d'elle je l'ai embrassée sur la bouche.

Ce fut notre premier baiser.

Ensuite, nous nous sommes dit quelque chose, je ne sais plus exactement quoi, nous étions trop troublés.

— Ne prends pas le train.

— Je ne peux pas.

— Bien sûr que tu peux.

— Nous nous connaissons depuis deux heures.

— Qu'est-ce que cela change ?

— Je ne sais pas, mais rien ne sert de se dépêcher.

— Je ne suis pas là pour me dépêcher.

— Alors pourquoi ?

— Je ne sais pas, j'ai senti que c'était ce que je devais faire.

Elle n'a rien dit.

— Tu dois penser que je suis un pauvre gars qui vient de te rencontrer et qui te court après.

— Ce n'est pas ce que je pense.

— Tu as tort, car c'est un peu vrai.

— Je ne peux pas rester...

Je ne savais plus quoi dire, je ne voulais pas insister.

— Bien sûr que tu peux rester, a dit Elisabetta. On s'appelle quand tu rentres.

Elle l'a embrassée puis est montée dans le train.

Sofia et moi l'avons regardée s'éloigner. Nous étions gênés. Notre désinvolture du bar s'était évaporée.

Nous avons laissé ses affaires à mon hôtel et sommes partis nous promener dans Rome.

Tandis que nous marchions, il m'arrivait de lui prendre la main, ça me plaisait de jouer avec ses doigts.

— J'ai faim, et toi ? lui ai-je demandé.

— Moi aussi, mais je n'ai pas envie d'aller au restaurant.

— On pourrait prendre des parts de pizza et nous asseoir quelque part.

Nous sommes allés à Trastevere dans une échoppe où l'on vend à la coupe des pizzas cuites au feu de bois, que nous avons mangées assis sur les marches d'une église.

J'ai appris qu'elle vivait seule à Bologne, où elle avait emménagé pour ses études. Elle était originaire de Reggio d'Émilie. Elle avait un frère aîné, et son père dirigeait une entreprise qui fabriquait et vendait des glaces. Elle était chef de produit pour une marque de vêtements qui possédait des boutiques dans le monde entier ; son métier l'amenait à se rendre souvent à Milan.

— Tu vois, c'est le destin.

— Tu crois ? a-t-elle répondu en souriant.

Je ne saurais me souvenir de tout ce que nous nous sommes dit, mais je sais que nous avons parlé de tout, des choses les plus ordinaires, en passant d'un sujet à l'autre. Ensuite, je ne sais comment, nous nous sommes retrouvés à évoquer la transformation des magasins de chaussures.

— Autrefois, ils n'étaient pas aussi élégants. Aujourd'hui, on dirait des bijouteries. Avant, il y avait une chaussure posée sur la boîte, et l'autre à l'intérieur.

— Et tu te souviens que par terre, il y avait des miroirs inclinés ? Pour te voir en entier, tu devais tellement reculer que tu finissais par sortir du magasin, ai-je ajouté.

Ce n'était certainement pas un sujet très séduisant, mais ça la faisait rire. Nous avons parlé des livres de García Márquez, de Woody Allen et des Pink Floyd.

Je me souviens qu'après un éclat de rire, elle m'a regardé en silence, et j'ai eu la sensation qu'elle voulait me dire quelque chose.

— Pourquoi me regardes-tu comme ça ?

— Je pensais à quelque chose.

— À quoi ?

— Tu as quitté le concert des Rolling Stones, tu es venu à la gare, tu m'as embrassée avant même que je puisse prononcer un mot, et là ça fait des heures que tu parles sans tenter davantage.

Je l'ai fixée un instant puis je me suis approché, j'ai pris son visage entre mes mains et l'ai longuement embrassée.

Mon téléphone a sonné, c'était Mauro.

— Où es-tu ?

— Près de Campo de' Fiori, comment était le concert ?

— Génial ! Tu es fou.

— Je sais.

Et, tout en le disant, je regardais Sofia. Je ne percevais dans tout mon corps pas le moindre regret. J'avais fait ce que je devais faire.

— J'espère que c'est un coup qui en vaut la peine. On se retrouve ou bien tu joues les tourterelles amoureuses ?

— La deuxième option.

— Mais qu'est-ce que vous faites ?

— On parle.

— Encore ! Qu'est-ce que vous pouvez bien avoir à vous raconter ? Eh ben salut mon salaud, à demain !

Nous avons repris notre promenade. Tout paraissait une invitation à l'embrasser, certaines de ses expressions, sa façon de sourire, les silences, les angles des ruelles romaines. Arrivés devant la fontaine de Trevi, je lui ai proposé d'y entrer comme dans le film de Fellini. « Mais tu dois crier Nicola au lieu de Marcello. » Mais elle n'en a pas eu envie.

Vers une heure, nous sommes rentrés à l'hôtel. Il y avait une étrange tendresse dans notre façon de nous effleurer, de nous regarder, tout semblait doux et suspendu, jusqu'au temps. Nous sommes restés éveillés toute la nuit puis, quand l'aube a pointé, encore habillés, nous nous sommes endormis. Cette nuit-là, nous n'avons pas fait l'amour. Au réveil, nous étions troublés, c'était bizarre de se retrouver ensemble dans cet hôtel. Un peu de magie s'était envolé. Le carrosse du grand bal était redevenu une citrouille.

— Il y a de la place dans la voiture si tu veux rentrer avec nous, nous partons demain.

— Merci, mais je préfère prendre le train aujourd'hui.

— Tu es sûre ?

— Oui.

Je l'ai accompagnée jusqu'à un taxi. Avant qu'elle y monte, je l'ai serrée dans mes bras puis nous sommes restés quelques instants silencieux. Sans nous embrasser. Nous vivions quelque chose d'étrange. Ce moment nous a pris au dépourvu comme une giboulée en plein été. Nous ignorions s'il s'agissait d'un adieu ou d'un au revoir. Aucun d'entre nous n'osait le demander, car la réponse n'existait pas.

Pendant les heures qui ont suivi j'ai essayé d'être le plus normal possible. Sergio et Mauro se moquaient de moi parce que non seulement j'avais raté le concert, mais Sofia et moi n'avions même pas couché ensemble.

Je me demandais si j'allais recevoir un message ou un appel. Après le déjeuner, nous sommes retournés à l'hôtel pour nous reposer. Ils étaient rentrés tard après le concert. Je me suis retrouvé seul dans ma chambre, et le souvenir de Sofia était si vivace que je parvenais encore à la voir allongée sur le lit.

Ma tête était remplie d'elle. Je la voyais qui riait, qui souriait, qui me racontait des choses drôles. Je pensais à elle quand elle me regardait, juste avant de s'approcher de moi pour m'embrasser, et qui se retenait de rire parce qu'elle venait juste de croquer une bouchée de pizza.

J'ai eu envie de l'entendre, de la voir. Tout à coup, j'avais envie qu'elle soit là, encore avec moi. J'ai eu peur à l'idée de ne plus jamais la revoir.

J'ai pris mon téléphone pour lui envoyer un message, puis j'ai changé d'avis et décidé de l'appeler.

— C'est moi, Nicola.

— Salut.

— Comment s'est passé le voyage ?

— Bien, j'ai même dormi.

Il y a eu un instant de silence. Je ne savais pas quoi dire, je n'avais rien préparé et j'étais embarrassé.

— Je suis seul dans la chambre d'hôtel et je repensais à ce qui s'est passé la nuit dernière.

— Et qu'est-ce que tu pensais ?

— Que j'étais bien. Ensuite, ce matin, tout était étrange, et maintenant, c'est comme si je ne savais plus rien. Je ne sais pas si nous nous reverrons, si tu as changé d'avis. J'avais juste envie de t'entendre. Toi, tu as compris quelque chose à ce qui s'est passé ?

— Je crois que oui, mais je n'en suis pas sûre, il se peut que je me trompe.

— Qu'est-ce que tu as compris ?

— Quand nous nous verrons, je te le dirai.

5

Les jours suivants, Sofia et moi nous sommes parlé longuement au téléphone, et avant la fin de la semaine, j'étais chez elle.

Je me suis perdu dans le centre de Bologne comme un enfant. Les « zones à trafic limité » me stressent encore plus que le tri des ordures avec leurs caméras de surveillance partout.

J'ai dû mettre plus de temps à trouver une place pour me garer qu'à arriver de Milan.

Nous nous étions donné rendez-vous dans un bar pour prendre l'apéro et, malgré tous mes errements, je suis arrivé avant elle. Quand je l'ai vue venir vers moi, j'ai ressenti la même émotion que le premier jour.

Nous nous sommes pris dans les bras, sans savoir si le baiser était encore autorisé. Nous étions embarrassés. Nous étions les mêmes qu'à Rome, mais nous allions à une autre allure, moins poussés par un enthousiasme excessif et par la sensation de faire une folie. Tout était plus normal.

Nous sommes allés dîner, avons marché sur la Piazza Maggiore, et puis elle m'a raccompagné à ma voiture.

Pour nous dire au revoir, nous nous sommes embrassés pour la première et unique fois de la soirée. J'ai perdu toute notion du temps. Ce baiser portait un désir de continuité.

Quand je suis parti, je l'ai regardée dans le rétroviseur jusqu'à ce qu'elle disparaisse. Sur l'autoroute, j'aurais pu conduire pendant des heures. Je roulais lentement, la fenêtre ouverte. Je n'avais aucune hâte d'arriver, je voulais profiter du voyage. De temps en temps, je mettais la main à l'extérieur et la laissais former des vagues avec le vent. Ce soir-là, chez moi, je me sentais bien. Je ne sais pourquoi, mais avant de m'endormir, j'ai eu peur de tout gâcher, de me tromper de tempo, d'intensité, de mots. Je ne voulais pas risquer de la perdre. C'est difficile d'entrer dans l'espace d'une autre personne. Parfois on se voit faire et on craint que l'autre puisse penser que l'on a un besoin désespéré de plaire.

Alors nous avons agi sans trop y penser, de façon naturelle. L'approche dit bien plus d'une personne que de simples mots.

Le lundi suivant, devant effectuer un déplacement professionnel à Milan, elle m'a proposé d'avancer son arrivée au dimanche afin que nous le passions ensemble. Elle a désamorcé tout embarras en me disant qu'elle dormirait à l'hôtel.

Nous sommes allés à un petit marché du quartier des Navigli, avons mangé une glace et nous sommes réfugiés dans un cinéma. Je ne sais si c'était pour voir le film ou juste pour être un peu au frais.

Après le dîner, je l'ai accompagnée à son hôtel, mais je ne suis pas monté. Après lui avoir donné un baiser devant la porte à tambour, je suis rentré chez moi.

Nous nous sommes revus à Bologne, puis à nouveau à Milan. Un après-midi vers 17 heures, nous sommes allés à la pinacothèque de Brera.

J'ai été étonné de la voir arriver à vélo.

— Mais où l'as-tu déniché ?

— C'est celui de mon bureau. Là où je travaille, nous avons même des vélos de fonction !

— Vous êtes modernes. Figure-toi qu'à mon bureau ils n'ont installé des machines à café que depuis quelques jours. Quand nous aurons des vélos, je serai à la retraite depuis bien longtemps !

— Je croyais que dans le design, vous étiez en avance sur tout par rapport au reste du monde.

— Je le croyais aussi ! ai-je répondu en souriant.

Je connais bien la pinacothèque, c'est un des lieux de Milan où je vais me réfugier quand j'ai envie de calme. Me promener au milieu de la beauté m'aide à réfléchir.

J'étais tenté de raconter à Sofia l'histoire de quelques tableaux, mais je n'en ai rien fait, entravé par une sorte de pudeur. Je ne voulais pas qu'elle puisse penser qu'il s'agissait d'une stratégie pour l'impressionner, ou pour paraître brillant.

Le soir, nous sommes allés dîner dans un restaurant du quartier. La beauté des tableaux, nos échanges curieux, le vin, tout semblait converger pour nous faire tourner la tête. Nous étions proches, plus intimes que les fois précédentes.

À table, j'ai déplacé les verres pour saisir ses mains. Je jouais avec ses doigts comme je l'avais fait à Rome lors de notre première promenade. Sauf que, cette fois-ci, je pouvais la regarder dans les yeux en le faisant.

Il y avait quelque chose dans nos voix qui laissait percevoir l'attrait que nous avions l'un pour l'autre.

Je la désirais de tout mon être. Je l'aurais hissée sur la table et dévorée de baisers.

J'imaginais l'emmener aux toilettes, la voir s'accrocher aux robinets et la prendre là, dans le reflet du miroir. Je crois qu'elle s'est rendu compte à quel point je la voulais.

J'ai continué à la regarder dans les yeux, puis je lui ai demandé :

— Tu sais à quoi je suis en train de penser ?

— J'imagine, a-t-elle répondu.

Après avoir hésité quelques instants et, avec un léger sourire dans lequel il m'a semblé deviner de la malice, elle a ajouté :

— Allons-y !

Quand nous sommes sortis, il pleuvait comme jamais. L'eau se déversait par seaux entiers.

Nous avons hélé un taxi et sommes allés chez moi.

J'ai ouvert une bouteille de vin et l'ai rejointe, elle était en train de regarder mes disques.

— Je peux en prendre un, ou tu fais partie des gens qui, si on y touche, nous chassent de chez eux ?

— Choisis-en un à écouter maintenant.

Elle buvait le vin à petites gorgées tout en observant les pochettes. À ce moment-là, je l'ai trouvée infiniment sexy. Elle a fini par extraire celui de Billie Holiday.

— Ça te va, celui-ci ? m'a-t-elle demandé.

— Tu ne pouvais pas mieux choisir.

46

Quelques secondes plus tard, une voix merveilleuse chantait *Stormy Weather*.

Nous nous sommes assis sur le canapé, je m'efforçais de freiner le désir que j'avais d'elle. Tous mes fantasmes du restaurant, toutes les images qui m'étaient venues à l'esprit de nous deux nus l'un contre l'autre sont devenus réels. Je me souviens de l'odeur de sa peau, son cou, les morsures, les baisers, les gémissements, les frissons. Nous avons commencé à faire l'amour sur le canapé, puis je l'ai soulevée et emmenée dans la chambre. La fenêtre ouverte, l'orage, le bruit de la pluie et son odeur, l'air qui entrait et caressait nos corps. Tout semblait mis en scène pour nous. La pluie s'était fait attendre durant des jours, l'humidité et la chaleur avaient été insupportables.

Ce soir-là, Sofia a dormi chez moi. Le lendemain, réveillé de bonne heure, je l'ai regardée dormir. Cette fille me plaît vraiment, me suis-je dit. Je suis allé dans la salle de bains pour me doucher, à mon retour elle était réveillée.

— Bonjour.

— Bonjour.

J'ai ouvert un tiroir et pris un caleçon propre.

— N'est-ce pas merveilleux qu'à partir d'aujourd'hui nous puissions demeurer nus l'un devant l'autre ?

Elle a souri à mes mots.

— Ne t'inquiète pas, nous prendrons le petit déjeuner habillés, du moins aujourd'hui !

Et je lui ai envoyé un de mes tee-shirts.

— Merci, je me sens plus à l'aise pour mâcher si je suis habillée.

Elle s'est rendue dans la salle de bains, et moi dans la cuisine.

Quand je l'ai vue arriver, je l'ai trouvée irrésistiblement belle. Le visage émergeant du sommeil, les cheveux longs, les jambes nues qui sortaient du tee-shirt.

— Si tu veux, je descends chercher des croissants à la boulangerie. Sinon, j'ai des fruits, des biscottes, des gâteaux, de la confiture.

— C'est bien comme ça. Du moment que tu as du café.

— Je peux te le préparer de quatre façons différentes au moins.

— Comment ça, de quatre façons différentes ?

— Moka, expresso, américain, français et toutes les variantes : noisette chaud, noisette froid, avec ou sans mousse. Nous sommes très au point ici.

— Allons-y pour le moka, m'a-t-elle répondu avec une expression de plaisir.

Nous avons pris le petit déjeuner, quelques biscottes avec de la confiture, et une fois que le café a été prêt, nous sommes allés le boire sur le canapé.

— Je peux t'accompagner à scooter jusqu'à ton vélo.

— Merci.

— La vérité, c'est que je suis très impatient de sentir tes seins contre mon dos.

Elle a souri et je l'ai regardée sans rien dire. Ensuite, j'ai pris la tasse de ses mains, je l'ai posée sur la table et je me suis approchée d'elle.

Sofia, toujours en souriant, a essayé de me tenir à distance.

— Je dois aller travailler.

— Moi aussi.

— Je suis sérieuse, m'a-t-elle dit en riant. Je dois aussi passer à l'hôtel pour me changer, je ne peux pas aller travailler habillée comme hier. Et puis...

Mes lèvres l'ont empêchée de finir sa phrase.

J'ai glissé une main derrière son dos et je l'ai attirée vers moi en la faisant glisser sur le canapé. Je me suis dressé sur mes genoux pour enlever ma chemise, puis je lui ai retiré sa culotte.

— Je ne peux pas arriver en retard, m'a-t-elle dit tout en levant les bras pour que je puisse retirer son haut.

— Moi non plus.

Nous avons fait l'amour. Ses lèvres avaient le goût du café, je les embrassais et les mordillais. J'ai toujours beaucoup mordillé Sofia, dès le début, comme si l'embrasser ne me suffisait pas.

Je ne sais si c'était parce que nous étions encore dans la torpeur du matin ou pour autre chose, mais l'amour m'a paru encore plus beau que la veille.

Quand ç'a été fini, nous sommes restés enlacés quelques minutes, échangeant encore quelques baisers délicats. Ensuite, comme si un incendie s'était déclaré dans l'appartement, nous avons tout fait à toute allure. Douche, s'habiller, sortir.

À scooter, je l'ai conduite jusqu'à sa bicyclette, nous nous sommes donné un baiser rapide et nous sommes allés travailler. Le soir, j'aurais voulu passer à la gare lui dire au revoir, mais je ne pouvais pas partir du bureau.

Nous ne nous sommes pas vus pendant plusieurs jours, aucun de nous ne pouvant rejoindre l'autre.

Quand elle est revenue à Milan, elle n'a pas réservé de chambre à l'hôtel et est venue directement chez moi.

Je le lui avais demandé et elle en avait semblé heureuse.

Nous étions à la fin du mois de juillet et, quelques jours plus tard, nous devions partir en vacances. Moi en Grèce avec Mauro, et elle à Formentera avec ses amies ; nous n'avions pas eu le temps d'organiser quelque chose ensemble.

Je me suis découvert jaloux, j'avais peur qu'elle rencontre quelqu'un.

J'étais triste de partir sans elle.

Tandis que grandissait en moi une nervosité à laquelle se mêlait de la peur, je lui ai proposé une escapade durant un week-end. C'est là que j'ai volé l'écriteau « NE PAS DÉRANGER ».

Pendant ce séjour, elle m'a confié qu'elle aurait préféré partir en vacances avec moi.

— Et si tu rencontres quelqu'un qui te plaît, qu'est-ce que tu fais ?

— Je l'ai déjà rencontré.

— Et si tu en rencontres un autre ?

— Ça m'étonnerait, mais si cela devait arriver, je te le dirais.

Cette réponse ne m'avait pas plu, je m'attendais à une autre.

Après un silence, je lui ai dit :

— Fais attention, ne te laisse pas berner par le bronzage. Ils sont tous plus beaux quand ils sont bronzés, mais après, en septembre, tu regretteras.

Elle a souri et m'a embrassé.

— Et si c'est toi qui la rencontres ?

— Je ne vois même plus les autres femmes, tu as fait un carnage, lui ai-je répondu en la chatouillant. Elle riait et nous avons fait l'amour. Les rires ont laissé place aux gémissements et, alors que nous étions toujours plus engagés, je lui ai fait promettre que pendant les vacances elle n'aurait d'histoire avec personne.

— Promets-le-moi.

Elle m'a regardé et ma requête semblait la rendre heureuse. Le visage rougi et les yeux souriants, elle a dit : « Je te le promets. »

— Dis-moi que tu es mienne.

— Je suis tienne.

— Encore.

— Je suis tienne.

Nous nous sommes parlé tous les jours pendant les vacances. Parfois c'était le matin, dès le réveil, avant même de sortir de nos lits. Je continuais à converser intérieurement avec elle durant la journée.

Quand nous nous sommes revus en septembre, rien n'avait changé, nous avions encore plus envie d'être ensemble.

— Alors, tu en as rencontré une autre ? Je dois m'inquiéter ? m'a-t-elle demandé à peine nous étions-nous retrouvés.

— Je n'ai rencontré personne, il n'y avait pas de place pour ça.

Je fantasmais sur nous, j'avais la tête pleine d'images, de choses que nous avions déjà faites et d'autres que je rêvais de faire. Des choses simples, rien de bizarre ni d'extravagant. Je rêvais de la vie de tous les jours avec elle : faire les courses, cuisiner ensemble, bavarder, regarder des films, nous promener, faire l'amour, rire, voyager. Aller à la pâtisserie un samedi après-midi et goûter à tous les gâteaux possibles.

51

Le mois de septembre promet des merveilles à deux personnes qui sont bien ensemble. L'automne semble fait pour elles. Les villes, après s'être vidées pendant l'été, débordent à nouveau de propositions alléchantes.

Il m'arrivait, en hiver, de garder au chaud sa main dans la poche de mon manteau. L'écharpe qui recouvrait son visage m'empêchait de l'embrasser. Je me souviens des moments où elle se baladait dans l'appartement presque nue, avec seulement ses chaussettes de laine montées jusqu'aux genoux.

J'allais souvent à Bologne, son appartement était plus grand et plus chaleureux que le mien. Un jour, je me suis surpris à rêver de ce que pourrait être ma vie là avec elle. Tout quitter et recommencer de zéro.

Nous passions chaque week-end ensemble. Quand, le lundi, je revenais à ma vie d'avant, j'étais si empli de nous que toutes les chansons qui passaient à la radio le matin me plaisaient, même les plus horribles, celles qu'auparavant je n'aurais jamais écoutées.

Un jour au téléphone, elle m'a dit :

— Samedi, c'est l'anniversaire de mon frère, il y a un déjeuner chez mes parents, tu veux venir ?

Je ne m'y attendais pas.

— Allô, Nicola ? Tu es là ou tu es tombé dans les pommes ?

— Je suis là, je suis là. Je ne sais pas, qu'est-ce que tu en penses ?

— Ça me ferait plaisir que tu viennes, comme ça, au moins, ils te verront et arrêteront de penser que tu es un petit copain imaginaire.

J'ai éclaté de rire.

— Ça marche. Qu'est-ce que je peux apporter ?

— On verra cela quand tu seras là.

— Tu as raison. Je dois bien m'habiller ?

— Tu es toujours bien habillé. Ne t'inquiète pas, c'est un déjeuner ordinaire.

C'était la seconde fois seulement de toute ma vie que j'allais rencontrer la famille d'une fille avec laquelle je sortais.

Le samedi de l'anniversaire, nous sommes allés acheter un cadeau pour son frère, un pull à col roulé.

Et, puisque nous y étions, j'en ai profité pour acheter moi aussi quelques vêtements, que Sofia m'a aidé à choisir. Un pantalon, des chemises et deux pulls. C'était amusant de faire du shopping ensemble. Elle m'a même convaincu d'essayer des choses que je n'aurais jamais sélectionnées si j'avais été seul. J'ai découvert qu'elle avait raison, les couleurs qu'elle m'avait conseillées m'allaient bien. Je me suis plu dans cette nouvelle version de moi. J'ai découvert que le vert, le bleu et le bordeaux m'allaient bien. Mais ce qui m'a le plus étonné concernait la taille de mes pantalons. J'avais toujours acheté du trente-deux, mais elle croyait fermement qu'un trente m'irait très bien.

Et elle avait encore raison, c'était bien ma taille, alors que pendant des années j'en avais porté une au-dessus. J'avais vécu avec une fausse idée de moi-même.

Nous avons tout mis dans la voiture et nous sommes rendus à Reggio d'Émilie.

Pour le déjeuner, je n'ai pas porté mes nouveaux vêtements, j'avais encore besoin d'être dans les anciens, dans l'idée de moi-même qui m'était familière. Comme protégé par une carapace.

La mère de Sofia est une femme qui aime prendre soin d'elle, qui se maquille et s'habille bien même quand elle est seule chez elle. Elle portait un pantalon de velours bleu et un pull couleur moutarde. Quand je suis entré, elle avait enfilé un tablier. Le frère de Sofia était assis sur le canapé avec sa compagne, tandis que le père, encore dehors, allait arriver d'un moment à l'autre.

J'étais nerveux. Lucio, le frère, qui a à peu près le même âge que moi, la quarantaine, était amical, il a fait quelques blagues à propos de Sofia, mais il n'y avait aucune forme de rivalité entre nous, comme cela arrive parfois de façon insidieuse. C'est un type gentil, qui travaille avec son père avec lequel il entretient une relation amour-haine.

Mon père n'a jamais été un rival à abattre, mais un compagnon que j'attendais. J'ai passé toute ma vie à l'attendre, enfant pour jouer, jeune garçon pour me confronter à lui, adulte pour avoir ses conseils. Il était simplement présent, il ne s'imposait pas, ne commandait pas, n'essayait pas de m'expliquer le sens de la vie. Mon père était là, toujours proche et toujours lointain, tous les jours jusqu'au dernier. Je l'ai toujours attendu.

Lucio, je l'ai compris immédiatement, vit dans l'ombre de son père, un homme qui semble tout savoir dès qu'il parle, qui ne dispense pas des conseils, mais la vérité. À peine est-il entré dans la pièce que son fils a perdu toute aisance.

Lorsque je me suis présenté en donnant mon nom, le père m'a regardé dans les yeux et m'a répondu : « Je sais qui tu es », puis il m'a serré la main, ou plus exactement il me l'a broyée. Je n'ai laissé paraître aucun signe de malaise.

Le déjeuner a été amusant, le père de Sofia a parlé quasiment en continu. J'ai tout de suite compris qu'il était très important pour lui de me faire savoir qui il était, ce qu'il avait fait dans la vie, et de m'enseigner les hiérarchies.

Pour moi, il était facile de lui plaire, il me suffisait de lui signifier qu'il m'impressionnait, et de ne jamais remettre en cause sa virilité.

Sur le visage de la mère, on pouvait lire l'ennui de quelqu'un qui a déjà entendu les mêmes discours des milliers de fois.

Quand nous sommes partis, Sofia m'a dit :

— Un personnage encombrant, mon père, n'est-ce pas ?

— C'est supportable.

Elle m'a souri.

— Tu as plu à tout le monde, et surtout à moi.

— C'est ce qui compte.

Quand il m'arrive de rencontrer des gens comme le père de Sofia, dotés d'un ego surdimensionné, je ne m'agace pas, je n'entre pas en compétition, au contraire, j'éprouve une certaine tendresse.

Le besoin de plaire, de séduire, le besoin de se sentir important, de vaincre, à la longue cela doit être épuisant. En tout cas, pour moi, ça le serait.

Quand j'étais enfant et qu'un manège venait s'installer en bas de chez nous, j'étais fou de joie. Je choisissais toujours le cheval ou la navette spatiale.

Il y avait le jeu de la queue du Mickey, celui qui arrivait à l'attraper gagnait un tour gratuit. Les enfants se démenaient pour la saisir, et s'ils n'y arrivaient pas ils regardaient autour d'eux pour s'assurer que les autres enfants n'avaient pas réussi, afin de retenter leur chance. Pour eux, le tour de manège servait à cela, jouer à attraper la queue. Quand ils y arrivaient, ils se tournaient vers leurs parents, fiers et orgueilleux. La queue était leur trophée. Une fois, mon père m'a demandé pourquoi je n'essayais même pas de la prendre, il arrivait parfois que le monsieur du manège la mette juste au-dessus de moi, il m'aurait suffi de tendre la main pour m'en emparer. Les adultes riaient, mais cela ne m'intéressait pas, j'étais concentré sur mon voyage, je me fichais d'en avoir un autre gratuit, ce qui comptait, c'était de profiter de celui que j'étais en train de faire.

Le père de Sofia est comme ces enfants qui se démènent pour attraper la queue, sa vie est pleine de queues du Mickey attrapées, de gens qui le regardent avec admiration. J'ai toujours l'impression que les gens comme lui n'ont pas profité pleinement du voyage, malgré le million de trophées obtenus.

Quand ma mère et Sofia se sont rencontrées, c'était beaucoup plus simple.

Certaines femmes naissent mères, elles ont un sens inné de la maternité, on le voit dès leur enfance. D'autres naissent épouses, d'autres amantes, d'autres libres de tout rôle. Ma mère est née grand-mère. Elle a ce genre de comportement qui n'inspire aucune crainte, on s'attache à elle immédiatement, tant elle est dépourvue de méchanceté. Comme les mamies, elle a toujours l'air un peu détachée, en dehors de tout ce qui se passe dans le monde. Sofia et ma mère se sont plu immédiatement.

— Depuis que tu es avec mon fils, il a même embelli. Et qu'est-ce qu'il s'habille bien maintenant !

Je crois qu'elle avait raison, à moi aussi je me plaisais davantage.

Avec Sofia, je me sentais moi-même, même si tout le monde me disait que j'avais changé, que j'étais différent. En réalité, j'étais plus authentique, plus proche de ce que je ressentais au fond de moi. Elle ne faisait rien pour me changer, cela se produisait naturellement.

Quelque chose la rendait unique par rapport à toutes les personnes que j'avais rencontrées, et pourtant elle m'était familière, elle faisait partie de moi. Comme une proximité ancienne. Même si tout était nouveau, j'avais l'impression de connaître tout cela depuis toujours.

J'ai compris qu'elle était la femme que je n'avais jamais voulu rencontrer auparavant, celle qui me faisait peur. J'ai toujours été terrorisé à l'idée de tomber amoureux d'une femme comme elle, parce que je pensais que jusqu'à un certain âge ça tenait plutôt de la malchance de rencontrer la femme de sa vie.

Avant de ne se consacrer qu'à une seule personne pour le reste de son existence, il faut voyager, expérimenter, se tromper, chercher à devenir poète ou écrivain. Ensuite, seulement, on est prêt.

Tout ce qui nous arrivait, à Sofia et à moi, semblait nous parler d'un avenir commun. Désormais, j'avais envie de voyager avec elle, je désirais la nouvelle vie que je voyais en elle. Je n'aimais plus être seul chez moi, je la voulais là, près de moi, je voulais tout remplir avec elle.

Il me suffisait de la regarder se déplacer dans l'appartement pour me sentir heureux.

Quand, le dimanche soir, elle repartait à Bologne, l'appartement semblait s'être vidé. La solitude que j'avais toujours désirée et protégée de toutes mes forces ne me dispensait plus que du manque, il me manquait quelque chose dont j'ignorais auparavant jusqu'à l'existence.

Le dimanche, dès notre réveil, nous aimions partir courir au parc. En revenant, nous achetions des journaux et des croissants. De retour à la maison, douche et long petit déjeuner. Sofia est la personne avec laquelle j'ai pris les plus longs petits déjeuners de ma vie. Ensemble, nous avons appris à faire les œufs à la bénédictine et nous en sommes devenus complètement accros, d'abord parce que ce plat nous réjouissait, ensuite parce que nous nous l'étions doré-navant approprié. Les amoureux posent leur empreinte partout sur le monde.

Un dimanche, alors que nous nous apprêtions à sortir courir, la voir dans ses leggings m'a excité et, je ne sais comment, nous nous sommes retrouvés à faire l'amour. À la fin, Sofia avait le visage posé sur mon torse et jouait avec les poils de mon ventre, moi avec ses cheveux.

Je ne pensais à rien, je n'avais préparé aucun discours mais, soudainement, j'ai ressenti le besoin de lui demander qu'on vive ensemble.

— Tu sais à quoi j'étais en train de penser ?

— À quoi ? m'a-t-elle demandé.

J'ai attendu quelques secondes et, je ne sais pourquoi, j'ai répondu :

— Je pensais que j'ai trop faim pour aller courir.

6

Le lundi matin après son départ, j'ai téléphoné à Mauro et je lui ai dit que je voulais dîner avec lui, j'avais besoin de parler avec un ami, je sentais comme une crise poindre en moi. Quelque chose qui me tourmentait intérieurement. Pendant la journée, j'ai essayé de ne pas y penser, je me suis concentré le plus possible sur mon travail. Le soir, j'ai pris deux pizzas et de la glace puis je me suis rendu chez lui. Nous avons déconné comme toujours. C'est le roi de la déconnade, la vie sans lui serait beaucoup plus triste et froide.

J'en étais à ma deuxième part de pizza lorsque, après avoir avalé une gorgée de bière, Mauro m'a dit :

— Tu te rappelles quand nous avons parlé de nos ambitions et qu'à la fin nous avons conclu que, dans la vie, on est heureux lorsqu'il n'y a pas une énorme différence entre nos objectifs et les résultats obtenus ?

J'ai acquiescé.

— J'ai réfléchi à cette théorie, et une idée de livre m'est venue.

— Laquelle ?

— C'est l'histoire d'un poulet qui se met en tête de pouvoir voler parce qu'il découvre qu'il a des ailes. Il essaie de convaincre les autres poulets du poulailler qu'eux aussi peuvent voler. Les vieux poulets les plus sages tentent de lui expliquer que les poulets ne volent pas, mais il ne se laisse pas dissuader et ne cesse d'essayer. Si nous avons des ailes, cela signifie que nous sommes destinés à voler, sinon pourquoi donc Dieupoulet nous aurait-il faits avec des ailes ?

— Mais qu'est-ce que c'est que cette histoire ? Et puis il me semble que « Dieu-poulet » est un blasphème.

— Non, pas si tu l'écris tout attaché. En tout cas... ne m'interromps pas, c'est une histoire géniale au contraire, une histoire vraie, pas comme ces conneries New Age où tout le monde est extraordinaire, a un talent caché qu'il doit seulement découvrir. C'est une histoire réelle. Il faut accepter sa propre condition et ne pas se mettre en tête des choses trop ambitieuses pour nous. Certains animaux sont faits pour voler, d'autres non. Point. Chacun de nous doit tendre vers le maximum de ses capacités et non pas vers le maximum des capacités de quelqu'un d'autre.

Son discours ne faisait aucun pli, et j'étais impatient d'entendre la conclusion finale.

— Le jeune poulet est en lutte contre tous et, pendant toute sa vie, il essaie de voler sans y parvenir. De temps en temps, grâce aux muscles de ses pattes et à quelques coups d'ailes, il parvient à faire quelques mètres, mais jamais plus. Il finit par mourir sans avoir jamais volé. Jamais.

— La vache, Mauro, c'est l'histoire la plus triste que j'aie entendue de toute ma vie !

— Je sais, mais elle est instructive, n'est-ce pas ? Je me suis dit qu'elle serait parfaite dans un livre pour enfants.

— « Parfaite », c'est le mot juste.

— Il n'y a pas de quoi rigoler, m'a-t-il répondu en riant cependant, j'ai même essayé de l'écrire, mais au bout de quelques lignes, je suis bloqué. Comment on fait pour écrire un livre ?

— Ce n'est pas à moi qu'il faut le demander. De toute ma vie je n'ai écrit que deux poèmes, quand j'étais au collège.

— Moi aussi, j'ai écrit un poème il y a quelques années.

— Tu ne me l'avais jamais dit.

— Parce qu'il est nul, ou alors il n'est pas encore terminé. Je crois qu'il peut être amélioré.

— C'est un poème d'amour ou existentiel ?

— Je l'ai écrit comme un poème d'amour, mais on peut aussi le lire d'un point de vue existentiel, c'est très court.

— Tu me le récites ?

Mauro a esquissé un demi-sourire, un soupir, puis il a déclamé :

— « C'est toi, c'est toi, c'est toi. Et maintenant ? »

Il y a eu un silence, j'ignorais si c'était fini ou s'il essayait de se remémorer le texte.

— Ça finit comme ça ?

— Je crois que oui.

— Pas mal.

— C'est un de ces poèmes courts, japonais, comment ça s'appelle déjà ?

— Un haïku.

— C'est ça, je pensais avoir écrit une nullité, et en fait, j'ai écrit un haïku.

— « C'est toi, c'est toi, c'est toi. Et maintenant ? » Tu sais qu'il est parfait pour moi en ce moment ?

— Tu en as assez de Sofia ?

— Non, au contraire, je l'adore.

— Et alors ?

— Je suis dans la merde.

— Tu as couché avec une autre ?

— Mais non ! Hier, j'étais sur le point de lui proposer de venir vivre avec moi.

— Enfin ! Et quel est le problème ?

— Je me sens confus. Je sens qu'elle est la femme qu'il me faut, nous sommes bien ensemble, je pense que je suis amoureux, mais j'ai peur de tout gâcher. Nous sommes bien tels que nous sommes aujourd'hui, mais si jamais nous commençons à vivre ensemble, il se peut que tout change et que cela ne marche plus. Peut-être justement parce que nous sommes bien, nous devons laisser les choses telles qu'elles sont et ne toucher à rien. Si on accentue la pression, tout peut s'écrouler ou, pire, au bout d'un an je ne la supporterai plus.

— De plus, pour venir vivre avec toi, elle doit aussi quitter son travail, sa maison, sa vie à Bologne, ses amies. C'est une grosse responsabilité, a conclu Mauro en finissant sa bière.

— Je sais, j'y ai aussi pensé.

— Le fait est que vous êtes à un point de non-retour. Tu peux très bien ne pas le lui proposer pour le moment, mais tôt ou tard la question finira par se poser à vous. Vous savez qu'elle est juste là, qui vous attend au tournant. Ça me semble même bizarre que vous n'en ayez pas encore parlé.

— Pour l'instant, non.

— Pour ce que je connais des femmes, je peux t'assurer qu'il est très probable qu'elle ait déjà mené sa petite enquête à ton insu.

— Dans quel sens ?

— Nous, les hommes, nous pouvons croire parfois que les femmes nous posent de simples questions, alors qu'en réalité derrière se dissimule tout un projet, un raisonnement. Les femmes sont toujours en train d'enquêter.

— Tu peux me donner un exemple ?

— Quand elles te demandent : « Si tu étais obligé de faire l'amour avec une de mes amies, laquelle choisirais-tu ? » Nous, nous croyons qu'il s'agit d'un simple jeu, mais derrière cette question, il y a tout un monde.

— Elle me l'a demandé une fois.

— J'espère que tu n'as pas été sincère. Si une de ses amies te plaît, il faut que tu donnes le nom d'une autre ou, mieux encore, d'une que vous ne voyez presque jamais.

— Je ne me souviens pas de ce que j'ai répondu. Sofia n'est pas de ce genre-là.

— Elle ne t'a jamais demandé si tu aimerais avoir des enfants ?

— Non, jamais. Un jour, elle m'a demandé, si je devais avoir des enfants, combien j'en voudrais. Mais elle a dit « si tu devais », pas « si nous devions ».

Mauro m'a souri, d'un air entendu.

— Oh, la vache, je n'y avais pas pensé !

— Nous, les hommes, nous avons des esprits simples. Qu'as-tu répondu ?

— Que j'en voudrais deux.

— Si tu avais répondu que tu n'en voulais pas, je peux t'assurer que, les jours suivants, elle aurait ramené le sujet sur le tapis.

— Tu crois ?

— J'en suis sûr ! Vous n'êtes plus des gamins, vous n'avez pas encore abordé le sujet de façon directe parce que vous êtes bien ensemble, mais la situation telle qu'elle est aujourd'hui sera de courte durée. Bientôt, vous voudrez savoir où vous allez, en tout cas, elle voudra certainement le savoir. Elle a plus de trente ans.

Il m'a regardé comme si je devais comprendre une évidence.

— Si elle a l'intention d'avoir des enfants, elle n'a pas de temps à perdre et, un jour ou l'autre, elle te posera la question. Et toi, tu dois t'y préparer.

— Quelle question ?

— Ce que tu veux dans la vie, a ajouté Mauro en me regardant comme si j'étais un enfant de cinq ans.

Ça ne me plaisait pas du tout de passer pour le parfait imbécile.

— J'ai déjà réfléchi à tout cela, mais j'ai quand même la trouille. J'ai du mal à sauter le pas.

— Si tu lui demandes de tout quitter pour venir vivre avec toi et qu'elle accepte, ce n'est pas pour jouer aux jeunes amoureux. Tu dois mettre dans la balance une proposition plus importante, a-t-il dit en me regardant dans les yeux un instant, puis il a fixé un point lointain au-delà de la pièce comme le ferait un acteur avant sa réplique finale. Tu dois te demander si elle est la femme avec laquelle tu veux vivre pour toujours, si c'est la bonne personne.

Désormais, je me sentais vraiment comme un enfant de cinq ans.

— Pourquoi ? Elle existe, cette « bonne personne » ?

Il m'arrivait encore de me demander si c'était bien Sofia.

J'ai marqué une pause. Qui sait s'il était en train de penser à Michela.

— Disons que la personne avec laquelle cela vaut la peine d'essayer de le découvrir existe. Je peux te dire qu'elle est différente des autres avec lesquelles tu es sorti, et toi aussi tu l'es, que ce soit avec elle ou en général. Tu as beaucoup changé depuis que tu es avec Sofia, et tu es aussi plus apaisé, moins agité.

— Je sens que c'est elle, mais c'est de moi que je doute. Je dis que je veux avoir des enfants, mais maintenant que ça devient une possibilité, je flippe totalement. Est-ce que je veux vraiment être pour toujours avec la même personne ? En serai-je capable ? Pour le moment, je n'ai aucune envie d'être avec d'autres, mais cela durera-t-il toujours ? Est-ce qu'un matin, je me réveillerai et me sentirai prisonnier ?

— Concentre-toi sur ce que tu ressens aujourd'hui. Qui peut prédire ce qui se passera à l'avenir ?

— Et si je rencontre quelqu'un qui me plaît davantage ? Plus intelligente, plus sympa, avec laquelle je sens que je pourrais être plus heureux... Qu'est-ce que je fais ?

— Tu en parles avec Sofia et tu lui dis ce qui t'est arrivé. Elle se fâchera, te rétorquera que tu lui as fait perdre son temps, que tu as gâché sa vie et des choses de ce genre, et puis ciao, bye-bye, la vie continue pour tout le monde.

— Comment fait-on pour savoir que l'on est fait l'un pour l'autre ?

— Personne ne le sait.

— Parfois, quand elle repart pour Bologne, je suis heureux de me retrouver seul. Ça ne veut pas dire qu'elle ne me manque pas ou que je sois lassé de la voir, ni que je n'ai pas passé deux belles journées, mais je suis content d'être à la maison tout seul, en silence, avec mes affaires, ma musique, mes livres.

— Mais cette envie, tu l'auras toujours, je pense.

— Et donc ?

— Il ne s'agit pas d'aller en prison, tu peux vivre avec elle et conserver des moments pour toi. Tu pourras toujours venir ici manger une pizza comme aujourd'hui, il lui arrivera d'aller voir ses amies et sa famille. Tu as même de la chance qu'elle ne soit pas de Milan, comme ça, de temps en temps, elle sera obligée de partir quelques jours.

— Ici, elle n'aurait personne d'autre que moi.

— Au début, mais ensuite elle trouvera un travail, elle aura des collègues, elle ira à la gym, je lui présenterai des filles avec qui je sors, elle ne parle pas chinois, que je sache.

— Tes histoires durent aussi longtemps qu'un chat perdu sur le périph'.

Mauro a éclaté de rire. Depuis que Michela l'avait quitté, il enchaînait les conquêtes. Chaque fois, c'était un nouvel échec.

— Tu y es déjà jusqu'au cou, tu n'as pas d'autre choix, tu ne peux qu'aller de l'avant, a-t-il dit ensuite.

— Je ne suis pas sûr d'en être capable.

— Il y a toujours un risque. Il faut juste que tu saches si, pour toi, cela en vaut la peine.

— C'était tellement bien il y a quelques années quand sortir avec une fille signifiait seulement sortir avec une fille, et que ça ne devait pas forcément aboutir quelque part. Il suffisait d'être bien ensemble et de se tenir compagnie. Aujourd'hui, à notre âge, on dirait qu'il s'agit de partir pour un long périple avec une destination déterminée.

Nous sommes restés silencieux quelques instants, puis je lui ai dit :

— Tu sais quoi ? Parfois, c'est comme si je n'arrivais pas à accepter son amour. Le fait qu'une femme comme elle m'aime me semble de trop, j'ai peur qu'elle se trompe et qu'elle ne s'en aperçoive pas, comme si j'étais en train de lui jouer un mauvais tour.

— Ça, c'est vraiment des conneries, la seule chose que tu doives faire, c'est de parler avec Sofia, lui dire que tu aimerais qu'elle vienne vivre avec toi, que tu as peur et que tu ressens une grande responsabilité. Elle est adulte et elle fera ses propres choix, et s'il se révèle qu'elle s'est trompée, c'est la vie. Vous ne pouvez pas le savoir tant que vous n'avez pas essayé.

Je n'ai pas répondu, j'ai soupiré. J'avais envie de changer de discussion.

— Tu veux une autre bière ?

— Oui, merci.

Quand je suis revenu avec les deux bouteilles, Mauro a repris de plus belle.

— Dis donc, tu ne voudrais pas m'aider à écrire ce livre sur le poulet ?

— Je ne pense pas en être capable. En revanche, j'aime beaucoup ton poème. Tu m'autorises à le réciter à Sofia ? En disant qu'il est de toi, bien entendu !

— Bien sûr, tu peux même lui raconter l'histoire du poulet qui ne vole pas, à condition de ne pas lui dire qu'elle est autobiographique.

— Pourquoi, elle l'est ?

— Bien sûr, c'est moi qui dois affronter mes propres échecs.

— Mais va te faire voir !

Les jours suivants, j'étais d'une humeur étrange. Je l'appelais moins souvent et, lorsqu'on se parlait, c'était presque toujours elle qui avait téléphoné.

— Que se passe-t-il, Nicola ? J'ai dit quelque chose qui t'a déplu ? m'a-t-elle demandé au cours d'une conversation au téléphone.

— Non, pourquoi ?

— Je te sens lointain.

J'ai marqué une pause.

— Sofia ?

— Oui.

— Tu m'aimes vraiment ?

— Oui.

— N'as-tu jamais de doutes à propos de nous ?

— Bien sûr que si.

— De quel genre ?

— Il m'arrive d'être si bien avec toi que j'ai peur que ce ne soit pas réel. Je me demande si je suis en train de faire ce qui convient, si je t'aimerais toujours ou si un jour tout se sera évanoui ou si toi, tu cesseras de m'aimer. Pourquoi me poses-tu cette question ? Qu'essaies-tu de me dire ?

J'ai senti qu'elle était nerveuse, effrayée. Après un long silence, je lui ai dit :

— Je veux que tu t'installes ici, pour toujours. Je veux te voir tous les jours.

7

Il a fallu six mois pour que Sofia emménage avec moi dans l'appartement mansardé où je vivais depuis dix ans. Elle avait donné sa démission et envisageait de travailler dans un premier temps à la saison dans un showroom de Milan. Je lui avais demandé plusieurs fois si elle était bien certaine de vouloir quitter son poste de chef de produit. Elle avait répondu avec assurance : « C'est seulement pour une période, le temps de bien comprendre ce que je veux faire. »

Le déménagement est une bonne occasion de faire un ménage de fond et de se débarrasser des choses superflues. On a envie de s'alléger.

Sofia a été raisonnable, j'ai essayé d'en faire autant. Elle éliminait des objets pour faire de la place à l'avenir, et moi pour lui en faire à elle.

Faire le tri s'est révélé difficile. S'il était aisé de se séparer des objets, ça l'était moins des souvenirs qui leur étaient attachés.

Pour un tee-shirt, j'étais capable de changer d'avis dix fois, je l'éliminais, je le remettais dans mon tiroir, puis de nouveau dans le sac à jeter.

Ce tee-shirt représentait un concert, des vacances, des dimanches à la maison et une série de femmes qui l'avaient porté pour prendre le petit déjeuner avec moi.

Au cours d'un déménagement, sans s'en douter, on se redimensionne soi-même.

Pour sa dernière soirée à Bologne, Sofia a organisé une fête pour dire au revoir à sa maison et offrir les objets qu'elle n'emportait pas à Milan. Cette nuit-là nous avons mis du temps à nous endormir.

Je ne sais pas exactement à quoi elle pensait pendant que nous étions silencieux, mais je crois qu'au-delà de l'excitation et de l'envie d'être enfin ensemble, de remplacer les longues conversations téléphoniques par des échanges de vive voix, planaient aussi le doute d'être en train de faire ce qui était bon pour nous, la peur de trébucher et de tomber, c'est peut-être pourquoi, au bout d'un certain temps, nous nous sommes accrochés l'un à l'autre dans une étreinte.

Quand est venu le moment de laisser les clés sur la table, Sofia avait une expression mélancolique sur le visage.

— Je t'attends en bas, je dois passer un coup de fil pour le travail.

Ce n'était pas vrai, mais je voulais lui laisser le temps et l'espace dont elle avait besoin. Un pan de sa vie était en train de se détacher.

Pendant le voyage, la mélancolie semblait avoir disparu et laissé place à l'enthousiasme, la hâte d'arriver à la maison, de vider les cartons, de commencer à ranger les choses, à prendre possession de l'espace.

Jour après jour, la mansarde prenait des allures nouvelles avec la présence de Sofia, des petits changements la rendaient encore plus chaleureuse et accueillante. Des fleurs à la fenêtre, la robe de chambre rose accrochée à la porte de la chambre à coucher, les photos de nous ensemble, les bougies, le plaid sur le canapé, ses crèmes dans la salle de bains, le sèche-cheveux, les brosses. Les vêtements, et surtout les chaussures. Je me suis dit que dans sa vie précédente, elle avait dû être un mille-pattes, c'était la seule explication possible.

C'était souvent elle qui cuisinait, remplissant la cuisine de nouveaux parfums, d'épices.

Même la lampe qu'elle avait apportée avec elle diffusait une lumière différente.

La mansarde semblait avoir été conçue pour nous deux. Elle n'était pas très vaste, et c'est pourquoi elle nous allait bien. C'était bon d'être un peu l'un sur l'autre, qu'il n'y ait pas de distance entre nous. Je sentais que je pouvais vieillir avec elle dans cet endroit sans besoin de plus grands espaces.

Nous avions une foule de choses à découvrir et à apprendre l'un de l'autre. Je lui posais des questions sur son passé, elle me racontait son enfance, son adolescence puis sa vie de femme, et moi j'essayais de l'imaginer. Au bout d'un certain temps, cependant, j'ai cessé de m'y intéresser, ses récits m'ennuyaient, non pas parce que j'étais absent de ces histoires, mais parce que, pour une raison obscure, son passé ne m'importait plus. Je préférais penser que sa vie avait commencé avec moi.

Sa curiosité envers mon propre passé, en revanche, n'a jamais diminué, elle voulait tout savoir, les voyages que j'avais faits, si j'étais bon à l'école et à l'université, mes débuts professionnels, et surtout quel genre d'homme j'avais été avec les femmes. Si je les avais bien ou mal traitées, si j'avais été gentil ou un vrai salaud. Elle voulait savoir si j'en avais une préférée et si j'étais encore ami avec certaines. Si nous échangions encore des textos, ce genre de choses.

Un jour, après avoir fait l'amour, rompant le silence, elle a lancé :

— Combien de femmes ont couché dans ce lit avant moi ?

J'ai donné une réponse vague, mais j'ai compris qu'elle sentait la présence d'un passé. Quelques jours plus tard, je lui ai annoncé que j'avais envie d'acquérir un matelas plus confortable, plus ferme, comme celui qu'elle avait à Bologne. J'ai jeté le mien.

Vivre ensemble semblait le meilleur choix que nous ayons fait de toute notre vie.

Notre temps était encore composé de longues conversations et de silences pleins d'amour.

Tout était une confirmation permanente que nous nous trouvions à la bonne place. Ce n'étaient pas tant les choses nouvelles qui nous enchantaient, mais l'émotion que nous éprouvions à les faire ensemble car, à bien y réfléchir, nous ne faisions rien de bien particulier. Mais partager ces moments les rendait uniques.

Les soirs d'hiver, je rentrais du travail, m'échappant parfois de la pluie ; j'ouvrais la porte de la maison et je la trouvais là, dans la cuisine, la lumière de la hotte allumée, la poêle sur le feu avec la vapeur qui montait. Se faire un baiser, l'aider pour les derniers préparatifs, mettre le couvert, s'asseoir et se dire merci.

C'est à cette période que nous aurions dû mettre un panneau sur la porte : NE PAS DÉRANGER.

Qui avait encore envie de sortir, d'aller dans des bars, de parler en criant afin de se faire entendre ? Pourquoi sortir, alors que ce que nous désirions le plus, nous l'avions ? Tout au plus nous invitions des amis à dîner, quant à nous, nous n'avions pas vraiment envie d'aller dehors. Du moins dans les premiers temps.

Nous n'avions besoin ni de situations particulières, ni de quoi que ce soit pour être heureux, nous nous suffisions à nous-mêmes, le bonheur était avec nous et il nous suffisait de le vivre. Il était naturel et nous emportait entièrement, parce que nous estimions que tout était possible, nous nous sentions invincibles et tout semblait à portée de main. Ensemble nous pouvions tout faire, et nous voulions les mêmes choses.

On aurait dit une symphonie : même le bruit des assiettes et des couverts tandis que nous desservions la table était devenu pour nous un son romantique.

Dîner, débarrasser, remplir le lave-vaisselle, s'installer sur le canapé pour regarder un film, se laver les dents ensemble, aller se coucher, s'enlacer, faire l'amour. Des choses de tous les jours qui nous donnaient l'impression d'être riches, de posséder quelque chose d'important. « C'est la vraie richesse », nous sommes-nous dit un jour.

Cette sensation se propageait au-delà des murs de la mansarde. Sofia appréciait mes amis et elle leur plaisait, en plus du fait que nos familles respectives étaient satisfaites. Deux personnes, lorsqu'elles deviennent un couple, doivent plaire à un nombre immense de personnes. Tout est un multiple de soi.

Nous avons aussi commencé à voyager. Elle trouvait toujours d'excellentes promotions, des vols *low cost*, des forfaits tout compris et souvent, le week-end, nous nous échappions avec un petit bagage à main. Elle arrivait même à tout faire tenir dans une petite valise.

Ensemble, nous avons vu Prague, Berlin, Londres, Bordeaux. Aller à l'hôtel, se promener dans des rues nouvelles, s'enfermer dans un hammam, faire des massages. S'installer à la table du petit déjeuner et y demeurer pendant des heures.

À Prague, nous avions commencé le petit déjeuner en commandant des fruits, des yaourts et des céréales. Puis, au deuxième tour, pain grillé et fromages, confitures, jambon, saumon, œufs. Nous avions éclaté de rire en imaginant ce que le personnel de l'hôtel allait penser de nous. Comme si nous n'avions pas mangé depuis des jours.

En fonction des saisons, nous sortions visiter des foires, flâner sur des marchés du dimanche, participer à des dégustations, manger des marrons, des truffes, des champignons.

Nous rentrions le dimanche soir à la maison avec des pots de miel, des saucissons, des fruits, des légumes, des fromages, du vin, des biscuits pleins de noisettes. Même les week-ends où nous restions à la maison étaient beaux, les dimanches sous la couette.

De chaque voyage, je rentrais toujours plus amoureux.

Avec elle, tout semblait arriver sans accroc. Avec d'autres femmes, il était arrivé que je me trouve pris au piège de décisions stupides. Nous ne parvenions pas à déterminer quel quartier visiter, dans quel restaurant s'arrêter. Je me souviens de minutes infinies à lire les menus dans la rue. On devient alors facilement irritable. Avec Sofia, en revanche, il y avait toujours une énergie capable de déjouer ces petits pièges.

Le présent était riche et il nous suffisait de le vivre.

Après un an de vie commune, je continuais d'envisager le même avenir que celui que j'avais imaginé les premiers jours. Je pouvais envisager avec elle de nouvelles possibilités. Il me semblait avoir la force de changer le cours du destin, de repousser les limites du futur. Avec elle, tout me paraissait authentique.

Un jour, après que nous sommes allés à Reggio d'Émilie voir sa famille, elle s'est endormie dans la voiture. Je me suis tourné vers elle et l'ai observée quelques secondes. Je me demandais qui elle était réellement, comment il se faisait qu'elle ait eu la force de bouleverser ma vie et de me faire désirer quelque chose de différent et d'inconnu.

À ce moment-là, j'ai désiré avoir des enfants avec Sofia.

Les jours suivants, j'ai compris qu'être avec elle dans le présent ne me suffisait plus, je voulais me projeter dans l'avenir.

Quand je m'imaginais avec des enfants, je me sentais engagé d'une façon complètement nouvelle. Construire une famille avec Sofia me semblait tout à coup la seule chose qui ait du sens, le seul pas en avant possible.

Avant de la rencontrer, j'étais sorti avec plusieurs femmes, et cela aurait pu durer des années. Chaque rencontre était une nouveauté et, quand une chose est nouvelle, on ne s'ennuie pas. Mais c'était moi qui étais toujours le même. J'avais fini par m'ennuyer moi-même : toujours les mêmes mots, les mêmes stratégies, la même façon de flirter, de faire l'amour et de m'éloigner quand cela ne me convenait plus.

Je ne pouvais plus me surprendre, je connaissais si bien mon rôle que j'étais devenu un acteur fatigué de son personnage, le protagoniste d'un *soap opera* qui, pendant des années, reproduit exactement les mêmes gestes. Je connaissais la pièce par cœur, il était temps de faire mes adieux à la scène.

Subitement, tout choix qui divergeait de la vie avec Sofia n'était rien d'autre qu'une éternelle expectative, une perte de temps, la répétition de quelque chose que j'avais déjà largement vécu et compris. Je sentais que j'aurais tourné à vide. Être avec elle me transformait. Avec Sofia et ce qui pouvait nous arriver ensemble, il me semblait que j'allais apporter une réponse aux instincts qui s'étaient exprimés à ma porte. L'idée de m'occuper d'elle et de nos enfants comblait mes sens. Le moment était venu de faire ce que mon père avait fait avec moi.

Je ne sais pas si l'envie de prendre soin d'elle était déjà en moi, ou si c'est elle qui l'a suscitée, je sais seulement que rien ne m'intéressait plus que de la tenir entre mes bras et la protéger du monde.

Dans le passé, par jeu, il nous était arrivé de parler d'enfants, nous aimions imaginer à quoi ils pourraient ressembler, les composer avec des parties de nos propres corps : « J'espère qu'ils auront ton nez, ma bouche, tes jambes, tes yeux, mes dents, tes lèvres. »

Elle en voulait quatre, je me contenterais de deux, comme je lui avais répondu la toute première fois qu'elle me l'avait demandé. Nous jouions à choisir des prénoms et à imaginer le métier qu'ils feraient quand ils seraient grands.

Un soir, nous avons fait l'amour et j'ai joui en elle. Sur le moment, elle n'a rien dit, elle a simplement eu une expression de surprise. Dans la salle de bains, tandis que nous nous lavions les dents, elle m'a dit :

— Excuse-moi, mais tu fais ça comme ça, sans rien me dire ? Tu as été imprudent ou tu as décidé quelque chose sans moi ? dit-elle en souriant, ni énervée ni inquiète.

— J'ai fait comme je l'ai senti. Tu crois que c'est dangereux ?

— Ça dépend de ce que tu veux dans la vie.

— Ou de ce que nous voulons. Que penses-tu de l'idée d'avoir un enfant ?

— Un petit Nicola ?

— Ou une petite Sofia, lui ai-je répondu en lui caressant le visage.

Elle s'est remise à se laver les dents et puis elle a ajouté, la brosse à dents dans la bouche :

— Je crois que le monde en a besoin.

Depuis ce jour-là, nous n'avons plus pris aucune précaution. Nous ne faisions pas l'amour dans l'intention de procréer, nous avons continué à le faire comme toujours, quand nous en avions envie, laissant la nature suivre son cours.

Nous n'étions pas pressés, nous étions heureux sans enfant et nous allions l'être lorsqu'un enfant s'annoncerait.

— Mon frère, a commencé un jour Sofia, essaie depuis presque deux ans, il semblerait que ce ne soit pas toujours aussi simple qu'il y paraît.

— Je ferai de mon mieux.

— Je voudrais bien te répondre « moi aussi », mais je ne sais pas de quelle façon.

Nous avions la sensation que l'avenir allait être encore plus beau, plus riche. Un rêve à réaliser. Un vendredi après-midi, nous sommes partis pour un week-end à Barcelone.

Le samedi soir, nous sommes allés boire des bières et manger des tapas, puis nous avons dîné dans un restaurant du quartier de la Barceloneta. Nous avons ensuite bu deux margaritas. Nous nous sommes promenés le long de la mer, avec la sensation d'être en Californie.

Le soir, de retour à l'hôtel, tandis que nous faisions l'amour, j'ai senti que cette fois pouvait être la bonne.

— Je suis sur le point de te faire un enfant, Sofia, je suis sur le point de te faire un enfant.

En disant ces mots, j'ai éprouvé un frisson. J'étais excité, alors j'ai continué à le lui dire. Elle me regardait, nous étions légèrement soûls. Ses yeux semblaient briller de bonheur.

Nous avons sombré dans le sommeil l'un sur l'autre sans même nous en rendre compte. Quand nous nous sommes réveillés, on nous avait tout volé. Nous avions laissé la fenêtre ouverte et les voleurs étaient entrés pendant que nous dormions. Nous ne nous étions rendu compte de rien, et avons mis un certain temps à comprendre ce qui s'était passé. Peut-être avaient-ils utilisé un spray soporifique – on ne savait pas si ces histoires de spray étaient vraies ou si ce n'étaient que des légendes.

Ils nous avaient dérobé plein de choses : de l'argent liquide, ma montre, des lunettes de soleil, son sac, une bague et même ma valise, certainement pour y mettre leur butin.

Ce qui nous était le plus désagréable était l'idée que quelqu'un ait été présent là, dans la chambre, pendant que nous dormions, l'idée d'avoir été observés. Nous étions entièrement nus. Ce qui était incroyable était que le ou les voleurs avaient eu quelque délicatesse. Ils avaient volé l'appareil photo, mais en avaient retiré la carte mémoire contenant nos clichés, et l'avaient laissée sur la table. À côté se trouvaient nos cartes de crédit et nos passeports. Tout était posé bien en ordre et aligné. Le fait qu'ils aient eu ces attentions nous a marqués.

Bien que cet incident ait été contrariant, nous avons tout de même pu profiter de notre dernier jour à Barcelone.

La façon dont Sofia a réagi au vol m'a fait comprendre que c'était une femme comme elle que je voulais à mon côté.

À Barcelone, elle n'est pas tombée enceinte.

8

— Et si tu étais amoureux d'une idée de moi et non pas de celle que je suis réellement ? m'a-t-elle demandé un jour, alors que nous étions au lit.

Je ne savais quoi répondre.

— Et si cela t'arrivait à toi ?

Elle est restée silencieuse quelques secondes, puis elle m'a dit :

— Apprends-moi à te trouver, à connaître le vrai.

Je crois que nos peurs étaient dictées par le fait que tout se déroulait entre nous sans obstacle ni hésitation, et cela commençait à nous inquiéter.

Le jour où le charme s'est rompu, en effet, nous attendait au tournant.

Un soir, nous avions décidé d'organiser un dîner chez nous, et dans notre petit appartement, c'était une véritable entreprise. Au-delà de six personnes, tout se compliquait, quelqu'un se retrouvait à dîner sur le canapé et moi debout dans la cuisine.

Nous avions invité des amies de Sofia, Federica et Elisabetta, de même que les indispensables Mauro et Sergio.

La soirée avait été amusante, jusqu'au moment où s'était produit quelque chose que personne n'aurait pu prévoir.

Sofia avait préparé des tortellinis au bouillon. De temps à autre, nos regards se croisaient et nous nous adressions un sourire, heureux. C'était bon d'accueillir nos amis chez nous et, en leur compagnie, nous nous sommes découverts encore plus affectueux l'un envers l'autre.

Il y avait des tranches de charcuterie, des fromages, du vin et des discussions légères de samedi soir. Mauro racontait à toute l'assemblée combien ma passion pour les vinyles lui semblait ennuyeuse.

— On ne peut les emporter nulle part, on ne peut ni les écouter en voiture ni en se promenant, il faut forcément être dans une pièce. Je ne supporte pas les gens comme vous.

— Qui ça, vous ? Dans quelle catégorie me ranges-tu ?

— Mais tu le sais très bien, vous, les nostalgiques, ceux de « c'était mieux quand c'était pire ».

— Moi ?

— Vous vous rappelez quand sont apparus les téléphones portables, et que des gens disaient qu'ils n'en auraient jamais ? Ou ceux qui juraient qu'ils continueraient d'écrire à la main ou éventuellement à la machine à écrire, parce que l'ordinateur, c'était trop froid ? Où sont passés ces gens maintenant ? Où se sont-ils cachés ? Ou ceux qui disaient : « Je n'achèterai jamais de voiture, ça n'a aucun charme, écoutez donc comme c'est beau d'entendre les sabots d'un cheval sur la route. » Toi, avec tes disques, tu es comme eux. Vive les bougies, j'éteins la lampe !

Je n'ai rien répondu. J'étais très sensible à l'effet nostalgie.

Pour regarder une photo, écouter une chanson ou lire un journal, la nouvelle génération touche un écran ou pianote sur un clavier. Nous avons sacrifié nos sens, un monde est en train de nous filer entre les mains sans que nous nous en rendions compte.

Si je l'avais dit à Mauro, il m'aurait massacré. Je l'ai laissé poursuivre.

— Allez, maintenant, sors-moi cette connerie de combien c'est beau d'entendre les craquements d'un diamant ! Imagine quelqu'un qui ferait ce bruit, *cri cri cri*, tout en te parlant, comme ce serait désagréable ! Ah, mais si c'est un vinyle qui le fait, c'est autre chose, cela devient romantique. De plus, la plupart du temps, ils sautent, mais qu'est-ce que tu trouves à cette musique balbutiante ? Quand nous sommes chez toi et que tu mets un disque, on ne peut pas dîner ou nous installer un moment sur le canapé sans que, toutes les vingt minutes, tu te lèves pour changer de face ou en choisir un autre. C'est comme avoir une télévision sans télécommande.

Tandis que Mauro développait ses thèses, nous nous sommes installés à table.

— Tu vois ce que c'est, de vivre avec une femme ? ai-je remarqué. Avant que Sofia ne vienne vivre ici, je n'avais jamais eu de soupière.

— Ça donne vraiment le sens du foyer, de la famille. Les célibataires comme nous n'ont pas de soupière ! a dit Mauro.

— Moi, je vis seule, mais j'ai une soupière, a dit Elisabetta.

— C'est parce que tu es une femme.

— Je connais aussi des hommes célibataires qui en ont, mais je crois que c'est dû à notre cuisine. D'après moi, à Bologne, tout le monde en a une.

— Peut-être la soupière est-elle une bonne raison de trouver une femme, a conclu Mauro.

Et tout le monde a éclaté de rire.

Sofia a servi les tortellinis.

— Moi, je suis marié et j'ai une fille, mais nous n'avons pas de soupière, a dit Sergio.

— Depuis combien de temps es-tu marié ? a demandé Federica.

— Presque dix ans.

— C'est beau, dix ans.

— Magnifique ! Tu as vu la tronche que j'ai ?

— Comment se fait-il qu'elle ne soit pas là ?

— C'est mon soir de liberté.

— Tu sais que je t'envie ?

— Lui aussi, a répondu Mauro, sachant que Sergio n'en pouvait plus de sa femme.

Sergio a ri.

— Je voulais t'avertir, ai-je dit en m'adressant à Elisabetta pour changer de sujet, que depuis que Sofia habite ici, je connais vos petits secrets. J'entends vos conversations téléphoniques et j'ai compris beaucoup de choses.

— Et qu'as-tu compris ?

— Je me faisais une autre idée de toi.

— Dans quel sens ?

— Tout d'abord, j'ignorais que vous pouviez avoir toujours autant de choses à vous dire.

— En réalité, nous nous parlons beaucoup moins souvent depuis ces derniers temps.

— Quand même tous les jours !

86

— Et alors ? Vous deux, vous ne vous appelez pas tous les jours ? a-t-elle demandé en indiquant Mauro.

— Si, mais nos appels durent entre deux et trois minutes.

— De toute façon, il semblerait que vous ne vous parliez pas, même quand vous vous voyez, a dit Sofia. Moi, si je vois une amie même le temps d'un café seulement, je sais tout de sa vie au moment où nous nous quittons. Comment elle va, si elle est heureuse, si tout va bien avec son chéri, s'ils vivent une période de crise. Nicola peut bien voir Mauro, passer des heures avec lui, quand je lui demande de quoi ils ont parlé, il ne donne que des réponses vagues et est incapable de préciser !

— Nous, nous ne parlons pas de ce genre de choses, des problèmes de couple et tout ça, à moins que quelque chose de très grave ne soit arrivé.

— Et de quoi parlez-vous quand vous êtes ensemble ? Vous vous regardez dans les yeux ?

— D'autres femmes, la plupart du temps, a dit Sergio.

— Ah, voilà, je me disais bien !

— Tout est plus simple entre hommes, même l'amitié est plus simple, a dit Mauro.

— Ah, vraiment ? a répondu Elisabetta.

— L'autre jour, je suis allé à l'anniversaire d'une fille qui travaille avec moi, et j'ai été surpris de constater que seules les autres filles lui faisaient des compliments : « Comme tu es belle ce soir », « Quelle belle robe », « Tes cheveux sont splendides », « Tu as rajeuni », « Tu es une fleur ». Quant à elle, elle répondait aux compliments en minimisant ou en disant le contraire : « Le coiffeur m'a coupé les cheveux comme ça, mais je n'aime pas », « Aujourd'hui, je me sens grosse, comme gonflée », « J'ai acheté cette robe sans trop de conviction, j'ai l'impression qu'elle me grossit ». Entre hommes, c'est exactement le contraire, tes potes passent leur temps à t'insulter, et toi à te défendre comme tu peux. Le jour de mon anniversaire, ces deux garçons ici présents ont passé la soirée à me dire que j'avais vieilli, que je devenais chauve, que j'avais un ventre de vieux, que bientôt je n'allais plus pouvoir me porter. Et je ne me suis même pas vexé. Essayez un peu, vous, d'aller à l'anniversaire de l'une d'entre vous et de lui dire qu'elle est devenue une barrique, qu'elle est irregardable et que plus personne ne voudra plus jamais la baiser. Ça déclencherait des pleurs hystériques et un crêpage de chignons comme dans un épisode de *Desperate Housewives*. De plus, dès que vous en avez fini avec vos compliments, vous vous plantez des couteaux dans le dos : « Cette robe ne lui va pas du tout, je ne voudrais pas être méchante, mais je me trompe ou elle a pris quelques kilos ? »

— Ce n'est pas vrai ! a bondi Federica.

— Ça l'est un peu, a souri Elisabetta.

— Cela étant, il y a bien des choses que j'envie aux femmes, a poursuivi Mauro.

— Les seins ? ai-je répondu.

— Non.

— La soupière, a dit Sofia.

— Leur capacité naturelle à être plusieurs personnes.

— Je ne te suis pas, a dit Elisabetta.

— La capacité de se comporter d'une certaine façon avec un homme et d'une autre avec un autre. Avec l'un vous pourriez décider d'être sérieuses, d'incarner les valeurs traditionnelles, tandis qu'avec un autre, vous seriez avides de plaisirs débridés.

— Et alors, pas vous ?

— Moi, je n'arrive à être une autre personne que si je suis à l'étranger, a dit Mauro. Tu te rappelles quand on était en vacances en Grèce, quand j'ai dit à cette fille danoise que j'étais un chanteur lyrique et qu'elle me demandait sans arrêt de lui faire écouter un air ? J'ai fini par chanter quelques mesures de la *Cavalleria rusticana*, et le plus dingue c'est qu'elle m'a cru ! Comment s'appelait-elle… Karen ? Non, plutôt Kirsten. Karen est celle avec laquelle toi, tu as couché, a-t-il commenté en me désignant avec sa cuillère.

Sofia m'a regardé immédiatement, et mon sang n'a fait qu'un tour.

L'embarras s'est généralisé. Mauro a regardé autour de lui et a ajouté :

— Qu'est-ce que j'ai dit ? Vous n'étiez pas ensemble quand nous sommes partis en Grèce. Vous vous connaissiez, mais vous n'étiez pas encore ensemble.

— Ne t'inquiète pas, nous sommes sortis ensemble des semaines plus tard, a répondu Sofia en se levant et se dirigeant vers le réfrigérateur.

— Quelle frayeur, j'ai cru avoir marché sur la plus grosse merde de la planète.

C'était vrai, Sofia et moi n'étions pas encore ensemble mais, au cours de ces vacances, nous nous étions parlé tous les jours, je lui disais qu'elle me manquait terriblement, que je pensais sans arrêt à elle et, à mon retour, je ne lui avais pas parlé de cette Danoise. Elle m'avait demandé si j'avais eu une aventure et j'avais répondu par la négative.

La soirée s'est poursuivie sans grand drame, je savais que tant qu'ils étaient tous à la maison j'étais à l'abri, mais qu'ensuite il me faudrait affronter la situation. Je me suis assis sur l'accoudoir du canapé, à côté d'elle, et je lui ai pris la main, lentement. Mais elle l'a doucement retirée.

J'étais foutu, la nuit allait être longue et j'étais vraiment en tort.

Quand, sur le seuil, nous avons dit au revoir à tout le monde, les sourires que nous affichions se sont éclipsés en même temps que nos invités.

L'ambiance a changé du tout au tout, elle est allée directement dans la salle de bains et j'ai fait un peu de rangement.

Je ne savais pas quoi faire. Je ne l'avais pas trompée, mais je lui avais menti. Je me souviens très bien de la soirée où j'ai couché avec la Danoise, je m'en souviens parfaitement. C'était un groupe de six filles en vacances, elles avaient loué une maison. Nous les avions rencontrées sur la plage et nous nous étions joints à elles pour le dîner. Lorsque, au cours de la soirée, j'avais compris quelle en serait l'issue, je m'étais éloigné et j'avais appelé Sofia. Je voulais lui souhaiter bonne nuit, mais surtout avoir accompli notre coup de fil quotidien afin qu'elle ne m'appelle plus et que je sois libre d'agir. J'avais même été jaloux, je continuais à lui demander si elle avait rencontré quelqu'un, avec qui elle avait dîné, où elle avait l'intention d'aller. Le pire, c'est que cette jalousie était réelle, je ne faisais pas semblant. Peut-être qu'en voyant combien il était simple de faire ce que je m'apprêtais à faire, j'avais pensé qu'elle pourrait en faire autant.

Désormais, elle savait, je ne pouvais plus feindre. Je suis allé dans la salle de bains, elle ne m'a pas adressé un regard, peut-être voulait-elle éviter une dispute. Je savais que je l'avais blessée et que j'avais tort, mais je ne savais pas comment l'approcher. J'ai fini par décider de m'excuser.

— Je suis désolé.

— De quoi ? Mauro a raison, nous n'étions pas ensemble, a-t-elle répondu, mais à l'évidence elle ne le pensait pas sérieusement.

Je m'apprêtais à poursuivre quand elle m'a interrompu.

— Ça ne fait rien, vraiment, je n'ai pas envie d'en parler, je suis fatiguée, je veux juste aller me coucher.

— Comme tu veux, lui ai-je dit.

Le lendemain matin, en me réveillant, j'ai trouvé un message de Mauro : J'espère ne pas avoir fait une gaffe. Si c'est le cas, pardonne-moi, je suis un idiot.

Sofia était dans le même état d'esprit que la veille, cela ne lui était pas passé. Quand j'ai quitté la maison, elle a fait en sorte d'être sous la douche afin de ne pas avoir à me dire au revoir ou, pire, à m'embrasser.

Je savais déjà qu'une discussion nous attendait le soir, que j'allais devoir m'excuser encore. J'étais sincèrement désolé.

Pendant la journée, j'ai essayé de trouver les mots justes à prononcer en rentrant à la maison, j'ai aussi pensé lui acheter des fleurs ou lui proposer d'aller dîner dehors, mais je craignais que cela n'aggrave la situation.

Dans l'ascenseur qui montait chez nous, je me suis regardé dans le miroir à la recherche d'une expression pour accompagner au mieux mes excuses.

Avant d'entrer, j'ai poussé un long soupir, la soirée s'annonçait mal, à moins que tout ne soit passé, et peut-être alors allions-nous en rire. Quand je suis entré, la lumière était allumée. J'ai posé mes clés sur la table et j'ai vu un mot : *Je suis chez mes parents.*

— Et merde !

Je me suis assis et j'ai relu le mot. Ensuite j'ai pris mon téléphone et je l'ai appelée, mais elle n'a pas répondu.

J'ai eu peur, peur de la perdre pour toujours, d'avoir tout gâché. J'ai encore essayé de l'appeler, mais elle ne répondait toujours pas. Je lui ai envoyé un texto : Réponds-moi s'il te plaît.

Soudainement, une pensée m'a glacé le sang. Je me suis précipité dans la chambre pour voir si ses vêtements étaient encore dans l'armoire.

9

« S'il existait une machine à remonter le temps, je voudrais revenir à ce dîner et me fourrer une serviette dans la bouche, nom de dieu ! » m'a dit Mauro le soir où Sofia est partie. Je n'étais pas fâché contre lui, il ne l'avait pas fait exprès, je savais que même sous la torture il ne révélerait pas un de mes secrets.

Je ne voulais pas vivre sans elle, je ne voulais pas revenir à ma vie d'avant. Je voulais être avec elle, nous nous l'étions promis, elle ne pouvait pas me quitter comme ça. Cela avait eu lieu plus de deux ans auparavant, le temps avait passé, à mes yeux il s'agissait même d'une autre vie.

Après avoir lu son petit mot, je suis allé dans la chambre et j'ai ouvert l'armoire, tout était là, les vêtements, les chemises, sa jupe préférée.

Je n'arrivais pas à me décider sur le sens de son message, si elle était partie chez ses parents pour quelques jours, ou si elle était vraiment partie pour toujours. Ses affaires étaient encore là, mais cela ne voulait rien dire, elle ne pouvait pas déménager toute seule en un après-midi. J'étais terrorisé à l'idée de recevoir un message ou un appel annonçant qu'elle allait venir prendre ses affaires le plus tôt possible.

Je suis resté assis au bord du lit et je me suis offert un long silence pour pouvoir réfléchir à toutes les hypothèses, mais j'étais incapable de tirer quelque conclusion que ce soit.

J'ai continué à lui téléphoner et j'ai décidé de prendre ma voiture pour aller la retrouver à Bologne, je ne pouvais pas attendre un jour de plus. J'ai composé le numéro d'Elisabetta.

— Tu l'as eue au téléphone ? Elle est avec toi ?

— Non, je suis sortie avec des amis, mais je lui ai parlé aujourd'hui pendant qu'elle était dans le train. Elle est vraiment très blessée.

— Je suis un con, mais tout cela date d'il y a plus de deux ans, je ne m'en souvenais même pas. Je ne le referais jamais aujourd'hui.

— C'est ce que je lui ai dit, elle le sait aussi, je la connais, elle n'est pas bête, mais elle ne s'y attendait pas.

— T'a-t-elle dit quand elle reviendrait ?

— Il est probable qu'elle ne le sache pas elle-même.

— Je m'apprête à monter en voiture pour aller la rejoindre.

— Ne fais pas de bêtise. Laisse-la tranquille. Si tu y vas, cela ne va faire qu'empirer la situation. Je vais aller la voir demain et j'essayerai de la raisonner. Tu as fait une connerie, et tu es vraiment un crétin, mais bien que je sois son amie, je te soutiens. Si demain elle ne te répond pas, je t'appelle moi-même, d'accord ?

— Merci.

J'ai passé des heures douloureuses, incapable de rester à la maison tout seul. Mauro a été ma bouée de sauvetage.

— Peut-être aurais-je dû aller la voir et ne pas écouter Elisabetta.

— Non, elle a raison, c'est très difficile de se retenir, mais c'est ce qu'il faut faire pour le moment.

— Quoi donc ?

— Attendre. Tu dois attendre et arrêter d'envoyer des messages ou d'appeler.

— Je suis en train de devenir fou.

— Essayons de ne pas y penser pendant quelques minutes. Où irais-tu avec une machine à remonter le temps ? Et tu n'as pas le droit de répondre en vacances en Grèce pour ne pas baiser la Danoise.

— Je n'ai pas envie de jouer.

— Je commence, a-t-il dit en m'ignorant. Je reviendrai dans le passé pour écrire les chefs-d'œuvre de la musique.

— Les livrets alors, parce que tu ne sais jouer d'aucun instrument.

— Je les chantonnerais. Peut-être devrais-je apprendre d'abord un instrument comme la guitare, et ensuite voyager dans le temps. Je pourrais même inventer moi-même la guitare.

En temps normal, j'aurais ri à ses bêtises, mais pas ce soir-là. Je suis rentré chez moi et suis resté assis sur le lit à regarder les vêtements pendus dans l'armoire. Mauro ne m'avait pas consolé, je me sentais toujours mal.

J'ai fini par m'endormir.

Le lendemain matin, j'ai trouvé un message sur mon téléphone : Je sais.

Le dernier message que je lui avais envoyé finissait par : Je ne voulais pas te faire de mal.

Cela avait l'air d'une trêve. Elle n'avait pas tout bazardé, elle était sincère dans sa douleur.

Je lui ai écrit : Est-ce qu'on peut se parler ?

Une demi-heure plus tard, elle m'a répondu : Je ne cherche pas à me venger. J'ai seulement besoin d'être seule. Je sais ce que tu vas me dire, et je n'ai pas envie de l'entendre maintenant. Je t'appellerai moi-même.

Elle ne m'a pas fait attendre longtemps, l'après-midi même, elle m'a téléphoné.

Quand j'ai vu son nom sur l'écran, j'ai couru aux toilettes et je m'y suis enfermé.

— *Ciao.*

J'étais incapable de dire autre chose. Il y a eu un silence, j'aurais dû lui demander comment elle allait, mais je n'y arrivais pas. Nous n'avons tout d'abord pas abordé le sujet.

— Tu étais au travail ? m'a-t-elle demandé.

— Oui, et toi, où es-tu ?

— Chez mes parents.

— Comment vont-ils ?

— Bien.

— Dis-leur bonjour de ma part.

— Bien sûr.

Un nouveau silence. J'ai compris que c'était à moi de parler.

— Je suis vraiment désolé, Sofia. Je ne m'attendais pas à me retrouver dans une situation pareille avec toi, je n'y pensais plus, ce n'est pas quelque chose que j'essayais de te cacher. Je ne cherche pas à fuir mes responsabilités. Jamais ça ne pourrait arriver aujourd'hui, je veux être avec toi toute ma vie, le reste ne m'intéresse pas.

— Les autres femmes, tu veux dire ?

— Oui, les autres femmes, mais aussi les autres choses, tout ce qui n'est pas *nous deux* ne m'intéresse plus.

— Tu m'avais téléphoné aussi ce soir-là ? a-t-elle ajouté après quelques secondes.

Je ne savais que répondre.

— Je ne m'en souviens pas.

Le silence était de plus en plus lourd.

— Oui, je t'ai appelée aussi ce soir-là.

— Tu m'as appelée avec elle juste à côté ?

— Nous n'avons pas dormi ensemble. Je n'ai pas cherché à ce que ça arrive.

— Tu es un homme chanceux, dis-moi, sans que tu fasses quoi que ce soit, hop, te voilà en train de baiser !

Je n'ai pas répondu.

— Je t'ai même demandé à ton retour si tu avais rencontré des filles, et tu m'as dit non, tu mens vraiment bien !

Je continuais à encaisser les coups en silence, cela valait mieux que n'importe quels mots.

— Tu sais ce qui m'a fait le plus mal ? Découvrir que tu es capable de cela, de faire une chose pareille et de mentir sans vergogne. Je ne sais pas qui tu es, et je ne suis plus sûre de nous.

— Tu as raison, mais ne balance pas tout à cause d'une erreur de ma part.

— Maintenant, je dois y aller.

Je suis resté avec le combiné en main assis sur la cuvette des toilettes pendant une bonne demi-heure.

Ensuite, je suis retourné travailler, mais mon cerveau ne fonctionnait plus.

J'ai commencé à penser que sa réaction était excessive, qu'elle exagérait. J'ai essayé de lui trouver des torts, à elle aussi. Mais en vérité, je me sentais profondément stupide à cause de ce que j'avais fait.

Nous ne nous sommes pas parlé pendant deux jours. Je m'efforçais de ne pas insister, je voulais qu'elle comprenne que j'étais disposé à lui laisser tout le temps et l'espace dont elle aurait besoin.

Le troisième jour, elle m'a appelé, je me souviens de mon angoisse avant de répondre, comme si je redoutais un jugement.

— Comment vas-tu ? lui ai-je demandé.

— Mieux.

— Quand rentres-tu ?

Je voulais connaître le verdict sans attendre. Quelques secondes ont passé, qui m'ont semblé une éternité.

— Après-demain.

Mon cœur s'est tellement gonflé de soulagement que je l'ai senti battre jusque dans ma gorge.

J'étais fou de joie, d'un bonheur concret, dense, réel, une substance qui m'envahissait tout entier.

Nous nous sommes encore dit quelques mots, et quand j'ai raccroché j'ai envoyé un texto à Elisabetta : Merci, je te dois beaucoup. Je te dois tout.

Je mourais d'impatience qu'elle rentre, j'avais un désir fou de faire l'amour avec elle, rempli de cette délicieuse sensation que je ressentais. Ne pas l'avoir perdue faisait de moi l'homme le plus heureux de la terre.

Le jour de son retour, elle m'a appelé pour me dire qu'elle allait rester encore un peu chez ses parents. Elle paraissait de nouveau froide.

— Il s'est passé quelque chose là-bas ?

— Non, tout le monde va très bien. Je décale d'un jour. À demain.

Je n'y comprenais rien. J'étais certain qu'elle m'avait pardonné, mais elle était à nouveau distante. J'émettais les hypothèses les plus diverses pour tenter de trouver une explication. Je suis même allé sur sa page Facebook et sur celles de ses amies. J'avais besoin de comprendre, je cherchais des indices, mais n'en trouvais pas.

Sur la page d'Elisabetta, j'ai vu une photo de la soirée de la veille, à table dans un restaurant, où se trouvait aussi Sofia.

Son expression était ordinaire, on n'aurait pas su dire si elle s'amusait ou non. En voyant ce cliché, j'ai eu un choc : à côté de Sofia se trouvait son ex qui, du bras, lui entourait la taille.

Pourquoi ne me l'avait-elle pas dit ? Je n'étais pas jaloux de son ex, je l'avais même rencontré quelquefois, mais ces jours-ci la situation était si particulière, si fragile entre nous.

Peut-être avait-elle voulu me rendre la monnaie de ma pièce. Peut-être au téléphone avait-elle été froide parce qu'elle regrettait son geste, elle souffrait et ne savait comment me le dire.

J'arpentais l'appartement en me passant les mains sur le visage et sur la tête, je revenais à la photo et je la scrutais comme un détective en quête du moindre détail. J'ai détaillé les pages Facebook de toutes les personnes présentes à cette table, mais je n'ai trouvé aucune autre photo de ce repas.

Je me suis senti vraiment misérable d'être là devant mon ordinateur à regarder Facebook et à être si malheureux. Va te faire voir, Zuckerberg !

Durant les coups de fil suivants, je n'ai rien dit, j'avais honte de lui avouer que j'avais cherché des photos d'elle.

Elle continuait à être bizarre. *On va voir comment tout cela va finir*, me répétais-je.

Le matin de son retour à la maison, j'étais au bureau. Le soir, quand je suis rentré, elle se trouvait dans la chambre à coucher. Je l'ai prise dans mes bras et j'ai senti les larmes me monter aux yeux.

— Tu m'as manqué.

Elle n'a pas répondu, on aurait dit qu'elle feignait la normalité.

— J'ai préparé des légumes et j'ai pris un poulet rôti, a-t-elle dit d'une voix neutre.

— Génial.

Je suis allé retirer ma veste et elle s'est assise sur le canapé. Quand je suis revenu, elle m'a dit :

— Je dois te dire quelque chose.

J'étais paralysé, elle ne voulait pas me quitter par téléphone et était donc revenue seulement pour le faire en personne. Je suis resté debout face à elle.

— Assieds-toi.

J'ai agi comme un automate et j'ai pris une chaise.

— Je voulais te présenter mes excuses d'être partie comme ça en te laissant un petit mot, j'aurais pu au moins te téléphoner, mais ce jour-là, j'avais perdu mes esprits.

Je gardais le silence, attendant que le coup me parvienne. Elle a poursuivi :

— Cette distance m'a fait du bien, j'ai compris des choses.

Je ne savais toujours pas si elle était en train de me quitter, mais j'ai ressenti le désir violent de l'embrasser et je l'ai fait. La bouche contre son cou qui étouffait les mots, j'ai murmuré :

— Ne t'en va pas.

Elle n'a pas répondu, je lui ai donné mille petits baisers sur la bouche. J'avais un nœud dans la gorge, j'étais au bord des larmes.

Je l'ai regardée, elle aussi elle pleurait.

Alors elle m'a dit :

— Nicola, je suis enceinte.

10

Une minute auparavant, j'étais convaincu de la perdre et une seconde après, j'allais devenir papa.

Je suis resté bloqué, immobile, pétrifié, et il a fallu quelques instants avant que je sois capable de dire quelque chose.

— Quand l'as-tu su ?

— Il y a deux jours. Je voulais te le dire de vive voix, je voulais voir la tête que tu ferais.

Je suis encore resté silencieux.

— Et comment est ma tête ?

— Tu n'as pas l'air si content que ça.

— Je suis surpris.

— Nous savions que cela pouvait arriver.

— Oui, mais je suis un peu sous le choc.

Je suis resté encore quelques secondes immobile et ensuite je l'ai prise dans mes bras. Je n'étais ni heureux, ni triste ou inquiet. Je n'éprouvais rien.

Quand elle me l'a annoncé, c'était comme si jusqu'alors nous avions joué les adultes, les amoureux qui souhaitent un enfant, et qu'à partir de maintenant ça ne plaisantait plus. Maintenant, c'était pour de vrai, c'était bien réel, nous étions en plein dedans.

Je me suis repris d'abord en la serrant fort dans mes bras, puis avec des baisers, et enfin avec des milliers de questions pleines d'enthousiasme. Même si je lui disais que j'étais heureux, au cours de la soirée, il m'arrivait de sombrer dans de longs silences.

— Qui mettons-nous dans la confidence ? ai-je demandé à Sofia.

— Avant le troisième mois, mieux vaut ne le dire à personne, ou en tout cas à très peu de gens.

— Moi, je le dis à Mauro et Sergio. Et toi ? À tes parents ?

— Tu es fou ! Non, pas même à ma mère. Seulement à Elisabetta.

En y repensant aujourd'hui, il n'y avait absolument rien d'étrange à préférer le confier à nos amis plutôt qu'à nos familles.

Elisabetta avait pratiquement fondu en larmes, elle était très heureuse, on aurait dit que c'était elle qui était enceinte. Le premier samedi libre, elle était déjà à Milan pour voir Sofia.

Quand je l'ai dit à Mauro, il m'a répondu : « C'est la fin pour toi, tu es foutu. Allons boire une bière dès que tu peux pour fêter ça. Je suis heureux pour toi. C'est un grand événement. Bravo. »

Les peurs et les angoisses ont fait place à un sentiment nouveau. J'étais content, mais il m'avait fallu une bonne semaine pour digérer la nouvelle.

Un soir, alors que nous étions dans les bras l'un de l'autre, silencieux, dans cette attitude qui permet de se laisser aller à ses pensées tout seul sans l'être vraiment, Sofia m'a dit : « Et pour la maison, qu'est-ce qu'on va faire ? Ici, à trois, c'est impossible. »

J'ai senti mon cœur se serrer. Comment avais-je pu ne pas y penser avant ? Peut-être qu'une partie de moi ne voulait pas affronter cette réalité. Il nous fallait quitter la mansarde, et le quartier. Nous ne pouvions pas nous permettre d'avoir un appartement plus grand dans celui-ci.

La mansarde se trouvait dans le centre historique, en zone piétonne. La fenêtre de la chambre donnait sur une place avec une petite fontaine. Le bruit de l'eau qui s'écoule avait accompagné ces merveilleuses années.

J'aimais ce quartier. Quand je rentrais chez moi, je voyais les lumières allumées de l'épicerie, les saucissons accrochés, les blocs de parmesan, les récipients pleins de raviolis. Le marchand de fruits et légumes, la boulangère et le vendeur du magasin de chaussures me connaissaient par mon prénom.

J'étais venu vivre dans cette mansarde quand j'avais environ trente ans.

Un soir, pendant le dîner, mon père m'avait fait une proposition.

— Un de mes amis a remis à neuf une mansarde pour sa fille, mais elle a déménagé dans une autre ville avec son petit ami. Il veut la vendre. Je me suis dit que tu pourrais l'acheter.

— Avec quel argent ?

— Nous pourrions t'aider. Nous ne pouvons pas la payer entièrement, mais une bonne partie.

Je n'ai pas répondu tout de suite, j'ai gardé le silence. Mon père a sorti de sa poche un trousseau de clés.

— Nous pouvons aller la visiter quand tu veux, maintenant même, a-t-il dit en faisant cliqueter les clés.

Nous y sommes allés. Dans l'ascenseur, personne ne parlait, seuls nos sourires impatients exprimaient nos émotions.

Mon père est entré le premier et a allumé les lumières. Ce que je voyais me plaisait. On aurait dit qu'il en faisait la promotion.

— Chauffage indépendant, ici les prises pour l'air conditionné si tu veux l'installer, le chauffe-eau, là la cuisine, il ne manque que le réfrigérateur.

Ma mère commençait déjà à imaginer où elle placerait des meubles et des objets qu'elle avait chez elle.

— Ici, tu peux mettre le bahut de mamie, là je verrais bien la table que nous avons montée au grenier, je pourrais te donner des verres et des assiettes, j'en ai plein les placards, ça m'arrangerait que tu les emportes.

Un mois plus tard, j'habitais là. Ma première maison tout seul, mon premier recoin de monde rien qu'à moi. Quelle liberté !

Les bières avec les amis, les soirées sur le canapé à regarder des films, les dîners romantiques, les lents dimanches où l'on se lève tard, écrasé par la cuite de la veille. Aucun autre endroit au monde ne contenait autant de souvenirs.

J'avais vécu en ces lieux presque dix ans, et il me fallait leur faire mes adieux.

J'avais l'impression que j'allais être amputé, de devoir me séparer d'une partie de mon corps.

Sergio m'avait dit un jour que ce serait seulement le début des choses auxquelles j'allais devoir renoncer, et qu'en fin de compte ce ne serait même pas la plus douloureuse. « Oublie ta vie d'avant. Ce que tu veux, toi, n'est plus la priorité. »

J'étais certain de ce que je faisais, j'aimais Sofia et j'étais excité à l'idée de construire une famille, mais en même temps, devoir renoncer à la mansarde me semblait de trop. Je ne voulais pas quitter le centre, j'aimais vivre là.

Sofia était sûre que nous allions la vendre et elle avait raison, c'était logique. Quand elle a compris que je n'en étais pas si sûr, elle a pris peur comme si je n'étais pas convaincu du pas que nous nous apprêtions à franchir. Mais ce n'était pas le cas, ou peut-être que si.

Peut-être ne voulais-je pas quitter la mansarde parce qu'une partie de moi pensait qu'en cas de catastrophe je pourrais toujours y revenir, dans mon ancienne vie, comme si Sofia n'avait été qu'une parenthèse. Mon fils serait venu chez moi le week-end et, à deux, nous aurions pu y être comme des rois. Lui et moi sur mon vieux canapé le samedi soir à manger des pizzas et boire du Coca. Quand je serais devenu vieux, je la lui aurais laissée.

Le jour où le garçon de l'agence immobilière est venu pour faire une estimation, nous avons découvert que nous allions perdre de l'argent, les prix de vente ayant baissé les derniers temps. Au lieu d'en être affecté, j'étais tout content car cela me paraissait une excellente excuse pour ne pas vendre. Mieux valait attendre que le marché remonte. Sofia a compris que je bluffais, mais elle n'a rien dit et elle m'a suivi dans le choix de la mettre en location.

Entre-temps, nous avons cherché un nouvel appartement.

C'était amusant et romantique de nous donner rendez-vous pendant la journée devant des porches inconnus. J'essayais d'être toujours le premier sur place parce que j'aimais voir Sofia arriver vers moi en marchant. Ces jours-là, j'ai compris à quel point une beauté qui vient vers vous peut être poignante.

Depuis qu'elle était enceinte, une lumière nouvelle faisait resplendir son visage et ses yeux. C'était excitant de gravir les étages ensemble par l'escalier ou l'ascenseur, avec l'espoir que cette fois, ce serait la bonne. Nous avons mis du temps avant de trouver notre lieu.

Chaque veille de rendez-vous pour une visite, je lui disais : « Je sens que demain, ce sera bon. »

Et un jour, ç'a été vrai. Nous sommes entrés dans un appartement qui nous a tout de suite paru être celui qu'il nous fallait, celui qui pouvait contenir tous nos rêves. Un appartement vide que nous allions remplir de notre avenir.

Nous ne pouvions pas avoir de doutes sur nous, comment en avoir ? Notre avenir était si grand que, pour l'accueillir, il nous fallait plus de place. Le présent nous paraissait déjà si important.

La chambrette de notre enfant avait même du parquet au sol.

Sofia avait embelli la mansarde, j'étais certain qu'elle allait transformer aussi l'appartement en une demeure chaleureuse et accueillante, c'est pourquoi je lui ai laissé la plus grande liberté. C'était une location, et nous n'avions pas beaucoup de travaux à faire. Mes seules requêtes étaient d'avoir un bon matelas, une grande table dans la cuisine, un grand bac à douche et un coin où mettre les disques et les livres.

Le déménagement n'a pas été compliqué, pas mal de choses restaient dans la mansarde. Mauro m'a aidé.

Chaque fois qu'il prenait un carton, il disait : « Où je mets ça ? Cave ou appartement ? Tu es sûr que tu n'es pas en train d'aménager une petite chambre pour toi à la cave ? C'est déjà le cinquième carton que je descends. »

Même quand il se foutait de moi, tout me semblait parfait.

11

Un dimanche, nous avons invité Mauro à déjeuner chez nous.

Sofia est sortie pour aller acheter des coussins pour le nouveau canapé, et nous sommes restés à la maison pour préparer la cuisine. Mauro est arrivé, il portait un pull affreux.

— Mais où l'as-tu trouvé ? Il est immonde, ça ne te ressemble pas du tout.

— Je l'ai depuis très longtemps, je l'ai retrouvé dans une boîte que j'avais cachée dans l'armoire.

— Je pense que tu aurais dû mieux la cacher.

— Il est vintage.

— Il y a une limite, même pour le vintage. Ma mère était encore pucelle quand ces couleurs étaient à la mode. Comment dirais-tu… moutarde ?

— À l'ancienne, moutarde à l'ancienne.

— Ça n'existe même pas, cette couleur, tu es en train de l'inventer en le disant.

— Fous-moi la paix, c'est pas facile pour moi en ce moment.

— Encore à cause de cette fille, comment s'appelle-t-elle déjà ?

— Erica.

Depuis plusieurs jours, Mauro essayait d'annoncer à une fille avec laquelle il sortait qu'ils devaient se séparer. Mais chaque fois, il échouait.

— Vous vous êtes vus hier soir ?

— Oui, elle est venue chez moi.

— Et alors ?

— Rien, je n'ai pas réussi. Je l'ai appelée dans l'après-midi et je lui ai dit que nous devions parler. Mais le soir, quand elle est arrivée chez moi, elle était habillée d'une façon qui m'a rendu fou. Dès que je l'ai vue, j'ai dû m'asseoir sur le canapé. Elle a le plus beau cul de la terre. Son cul, c'est un véritable péché !

J'ai éclaté de rire, comme chaque fois que Mauro employait cette expression.

— Elle est aussi très jeune, si je ne me trompe pas. Quel âge a-t-elle ?

— C'est une des raisons pour lesquelles je dois la quitter. Ce matin en m'habillant, je me suis dit que j'avais des chaussettes plus vieilles qu'elle. Son père n'a qu'un an de plus que moi. Bref, changeons de sujet... Vous avez choisi un prénom ? m'a-t-il demandé en m'aidant à laver la salade.

— Pas encore.

— Peut-être que toi aussi tu diras et feras la même chose que tous ceux qui deviennent parents...

— C'est-à-dire ?

— Ceux qui te montrent des photos de leur enfant même si tu ne le leur as pas demandé, qui t'informent sur ses immenses progrès tels que se mettre assis ou boire son biberon tout seul.

— Je ne crois pas, mais on ne sait jamais.

— Ceux qui te disent : « Tant que tu n'as pas d'enfant, tu ne peux pas comprendre », ou « Il est tellement beau qu'on m'arrête dans la rue pour me faire des compliments », ou encore « Quand on me l'a mis dans les bras pour la première fois, j'ai reconnu quelque chose de familier, comme si je le connaissais déjà ». Je pourrais continuer comme ça éternellement, mais je m'ennuie déjà moi-même.

— Tu es tellement souvent seul que, quand tu es avec quelqu'un, tu n'arrêtes pas de parler. Tu es comme les vieux qui s'entretiennent même avec les caissières dans les supermarchés.

— Hier, je me suis arrêté devant un magasin de vêtements pour bébés et je me suis posé quelques questions.

— Attention, un événement incroyable est en train de se produire !

— Tu sais ce que je me suis demandé ?

— Si la vie a un sens sans enfant ?

— À quoi servent les poches sur les vêtements d'enfants ?

— Mais quel crétin ! Allez, aide-moi à déplacer ce bahut.

— Je ne suis pas sûr que ce soit une chance d'être ami avec toi. Après le café je me tire, il y a la moitié de l'appartement à rafistoler !

Nous n'avions pas envie d'attendre l'arrivée du bébé de la même façon qu'une amie de Sofia qui, au troisième mois de grossesse, avait déjà tout préparé, repeint la chambre, acheté un lit, des draps, des habits, des langes et une poussette. Les parents ignoraient encore si c'était une fille ou un garçon, mais le mari était déjà allé chez un concessionnaire acheter une voiture plus grande et plus sûre. Ça m'avait paru exagéré. L'enfant servait plutôt d'excuse pour s'acheter une plus grosse bagnole.

Je n'en revenais pas de toutes les choses dont nous avions besoin. Arpenter les allées des magasins pour bébés était une expérience nouvelle. Un monde que je ne connaissais pas et dont j'ignorais tout s'ouvrait devant moi. Je n'avais même jamais remarqué que, cachées dans les fauteuils arrière de la voiture, se trouvaient deux petites attaches pour le siège auto. Et pourtant elles avaient toujours été là.

Un jour, alors que je prenais un café dans un bar, une fille est entrée avec un enfant dans une poussette. Elle était très belle – j'avais toujours eu un faible pour les mamans. Ce jour-là, je me suis surpris à étudier sa poussette, la couleur, la poignée, les roues. J'essayais de savoir si elle était simple à replier et manœuvrer.

Quand j'étais avec Sofia, il m'arrivait de les lui commenter, comme je l'avais toujours fait à propos des motos avec mes copains.

Dès que j'ai réalisé que j'allais devenir père, je me suis senti plus mûr, plus responsable. C'est bête, mais c'est la vérité.

Un jour, j'ai dit à Sofia :

— Je voudrais monter le petit lit moi-même. Si tu veux, tu peux m'aider, mais je ne veux pas que ce soit quelqu'un d'autre ou un inconnu. C'est une chose intime.

— Je serais ravie que tu le fasses toi-même.

Ç'a été une sensation formidable, Sofia qui se déplaçait dans l'appartement pour faire du rangement, tandis que je montais le lit.

Pendant que je m'évertuais à visser et boulonner, Sofia est entrée dans la petite chambre avec une tasse à la main.

— Tu veux un café ?

— Merci.

Je me suis appuyé contre le mur et je l'ai bu. Sofia m'observait.

— Qu'y a-t-il ?

— Rien, je me disais juste que tu es vraiment sexy quand tu bois ton café.

Elle s'est approchée, a mis son bras autour de mon cou puis m'a donné un baiser.

C'était beau de faire l'amour avec elle à cette période, chaque jour Sofia avait l'air différente, et pas seulement physiquement, même si c'était le plus visible.

Ses seins avaient grossi et les tétons changé de couleur. J'avais toujours aimé ses seins, mais ils étaient alors irrésistibles ; je devais être plus délicat quand je les touchais car ils étaient très sensibles et douloureux. Depuis qu'elle était enceinte, elle avait développé un sens olfactif incroyable, une sorte de superpouvoir. Elle pouvait identifier des odeurs très lointaines, comme des chiens policiers à l'aéroport. Beaucoup d'odeurs lui étaient insupportables, elles lui donnaient la nausée, surtout les parfums dont les gens s'aspergeaient.

Elle avait toujours aimé les légumes, mais pendant cette période, leur seule odeur suffisait à la rendre malade.

Lorsque nous sortions pour une promenade, il fallait faire une pause-pipi toutes les demi-heures.

Ses hormones la travaillaient, il lui arrivait parfois de pleurer à la seule vue d'une photographie dans un journal ; ou bien, au contraire, elle pouvait me répondre avec agressivité sans raison.

Nous avons fini par dépasser le troisième mois, nous pouvions enfin l'annoncer. Aussi parce que, désormais, nous ne pouvions plus le cacher : nous avions déménagé et nous nous comportions différemment.

Nous avons donc invité ses parents à déjeuner, mais seule sa mère est venue, son père était avec de vieux amis. J'ai préparé le déjeuner, principalement pour être occupé et ne pas avoir à lui faire la conversation.

C'était un samedi et je n'avais pas l'excuse du travail.

Tandis que sa mère était assise sur le canapé, Sofia m'a appelé. Je me suis présenté, une cuillère en bois dans une main et un verre de vin rouge dans l'autre.

— Maman, nous avons quelque chose à te dire.

— Vous vous mariez ?

— Non, maman, nous ne nous marions pas.

Alors elle a compris.

— Tu es enceinte ?

Sofia a souri.

Sa mère s'est levée et l'a littéralement enveloppée dans ses bras. Puis elle a pris mon coude et m'a attiré à elles. Quand elle m'a libéré, ses yeux brillaient.

— Depuis quand ? Vous savez si c'est un garçon ou une fille ? Vous avez choisi le prénom ? D'après moi, c'est une fille.

À cette période, nous avons aussi compris que de nombreuses personnes pensent être clairvoyantes : les premiers mois ceux qui « le sentent » et, plus tard, alors que le ventre s'arrondit et devient protubérant, ceux qui le devinent à la forme.

Le soir, lorsque nous l'avons raccompagnée à la gare, elle nous a salués en nous félicitant longuement, comme si pour faire un enfant il fallait un immense talent.

— Et d'une ! a soufflé Sofia. Maintenant, c'est le tour de l'autre grand-mère.

Le lendemain, nous sommes allés déjeuner chez ma mère. Mais nous ne lui avons pas dit tout de suite.

Ma mère avait un cadeau pour Sofia, une pure coïncidence.

— Je suis entrée dans un magasin et, quand j'ai vu ce petit pull, j'ai tout de suite pensé à toi. Il te plaît ?

— Il est magnifique, tu n'aurais pas dû !

Non sans peine, Sofia s'était habituée à tutoyer ma mère.

À table, pendant que nous mangions, Sofia m'a lancé un regard d'impatience. Ma mère s'en est rendu compte.

— Tu n'aimes pas les tagliatelles ? J'ai peut-être mis trop d'oignons dans la sauce.

— Elles sont délicieuses, Angela.

— Maman, tu es prête à devenir grand-mère ?

Elle a regardé Sofia puis s'est tournée vers moi, et encore vers Sofia.

— Vous me faites une blague ?

— Non.

— Tu es enceinte ? dit-elle en s'adressant à elle.

— De quelques mois.

— Oh ! Seigneur Dieu, doux Jésus ! Viens là que je t'embrasse, mais ça ne se voit pas du tout, tu es tellement mince ! Je suis si heureuse !

— Et moi, tu ne m'embrasses pas ?

— Mais si, bien sûr ! Je ne m'y attendais pas.

— Dis la vérité : tu ne t'y attendais plus !

— Oui, voilà, je suis tellement heureuse pour vous, bravo, bravo, bravo !

Avant que nous partions, ma mère m'a dit :

— Quand je pense qu'il y a quelques semaines à peine je demandais justement à ton père si j'aurais le temps de devenir grand-mère…

Mon père a beau être mort, ma mère dit que le soir, au lit, ils continuent à se parler, ou plutôt, c'est elle qui lui parle, elle dit qu'il l'écoute et que, de temps en temps, il lui répond.

J'en avais parlé un soir avec Sofia. « Laisse-lui donc cette histoire, laisse-la libre aussi d'en parler si elle en a envie. Chacun d'entre nous a droit à son jardin secret que les autres ne comprennent pas forcément », m'avait-elle conseillé.

— Et il t'a répondu ? ai-je demandé à ma mère.

— Bien sûr qu'il m'a répondu. Il m'a dit de me rassurer. Et en effet, il avait raison.

À part le fait que nos amis qui étaient parents s'amusaient à nous faire peur et que les grands-mères avaient doublé le nombre de leurs appels, pour le reste, tout se déroulait sereinement.

Les gens étaient particulièrement attentionnés avec nous, surtout avec elle, ils voulaient toucher son ventre comme si c'était un oracle ou un porte-bonheur. Tout le monde semblait content de nous et de ce que nous faisions, la chose la plus juste aux yeux de tous. Même si, pour être tout à fait honnête, certains éprouvaient aussi de la jalousie. Quant à nous, nous étions juste excités par ce que nous vivions.

Je me souviens du jour où je l'ai accompagnée à la visite médicale et où j'ai vu pour la première fois notre enfant, j'ai entendu son cœur. Nous nous sommes regardés, je lui tenais la main et nous nous sommes souri. Tout allait bien.

Après l'échographie, nous sommes allés dans un bar, nous étions envahis par quelque chose de beau qui en même temps nous faisait peur. Tout était nouveau, même les émotions contradictoires faisaient partie de notre quotidien.

À la table d'à côté se trouvait un couple avec un enfant d'environ trois ans. Pendant qu'ils parlaient, il jouait avec un iPad. Sofia et moi sommes convenus d'un regard que notre enfant n'aurait jamais de téléphone ni de tablette.

Au cinquième mois, nous avons appris que c'était un garçon.

Nous tentions de nous le représenter, nous étions curieux de savoir quelle tête il aurait. Parfois le temps nous semblait trop long, nous aurions voulu qu'il soit déjà là avec nous.

Il fallait choisir un prénom. Chaque hypothèse nous faisait l'imaginer différemment, un prénom correspondant à un genre de personne, une physionomie, parfois associé à des gens que nous connaissions. Lorsque c'était le cas, nous l'écartions, redoutant que l'enfant finisse par ressembler à cette personne. Pour une raison absurde, nous pensions qu'avec un super prénom, notre enfant serait super lui aussi.

Finalement, nous avons opté pour « Leo », qui nous plaisait à tous les deux. C'était elle qui l'avait proposé.

Forts de ce nouveau bonheur, nous sommes partis pour de courtes vacances – nous avions décidé de faire des économies. Mais cela ne nous pesait pas. Nous nous soutenions l'un l'autre, nous rassurions, nous sentions que nous n'étions plus seuls, nous avions la certitude que si l'un de nous avait tendu la main il aurait trouvé celle de l'autre, et ceci pour toujours. Sofia et moi avions engendré une nouvelle intimité.

Les derniers mois, elle s'est montrée un peu jalouse, de temps à autre elle me disait redouter que je la trompe. Cela me paraissait tellement absurde, je ne savais pas si elle était sérieuse.

— Même si je suis en train de devenir une baleine, tu me promets de ne pas le faire ?

Un jour, nous regardions un film dans lequel le personnage principal était au téléphone avec son épouse, alors qu'il se trouvait au lit avec une autre femme avec laquelle il venait juste de faire l'amour. Tout à coup, Sofia s'est exclamée :

— Il est en train de faire comme toi en Grèce. Peut-être qu'il lui dit même qu'elle lui manque.

J'ai été si surpris que je n'ai pas su quoi répondre. Mon silence l'a certainement agacée davantage.

— Tu sais que si je n'avais pas été enceinte, je serais peut-être partie ? De temps en temps j'y repense, tu t'es comporté comme un vrai con.

Je savais que c'étaient les hormones qui parlaient à sa place, mais j'avais l'impression que ses mots étaient un peu trop durs. J'ai pris la télécommande et mis le film sur pause.

— Tu es en train de me dire que nous sommes ensemble parce que tu es enceinte ?

— Je ne sais pas, je sais seulement que j'avais pensé alors te quitter, mais que quand j'ai su que j'étais enceinte, j'ai effacé cette pensée. Personne ne peut savoir ce qui se serait passé autrement.

— Écoute Sofia, je pense m'être excusé un million de fois et, si tu veux, je peux encore le faire. Mais il faut qu'on en finisse avec cette histoire. Il faut que tu saches si tu es capable de me pardonner une fois pour toutes. Je ne peux pas payer pour le restant de mes jours.

Je crois qu'elle ne s'attendait pas à cette réaction, c'était la première fois que je me défendais au lieu de m'excuser.

Elle m'a regardé en silence, puis m'a dit :

— Tu as raison.

Elle a saisi la télécommande et a remis le film en route. Pendant le visionnage, la tension s'est évanouie, nous avons été assez forts pour ne pas continuer à nous disputer.

Une fois au lit, la lumière éteinte, elle m'a dit :

— Excuse-moi pour tout à l'heure, je ne le fais pas exprès, c'est juste que quand ça me traverse l'esprit, je n'arrive pas à me contrôler. Je souffre d'imaginer que tu as couché avec une autre fille, j'ai des images de toi avec elle qui me viennent à l'esprit.

J'ai allumé la lumière et me suis rendu compte que ses yeux étaient brillants.

— Je ne te tromperai jamais, Sofia, je te le promets.

Et je l'ai serrée dans mes bras, nous nous sommes embrassés. J'ai alors éprouvé un sentiment dont j'ignorais même l'existence. Nous avons fait l'amour, délicatement, lentement, doucement. Son ventre énorme nous maintenait à distance alors que nous n'avions jamais été si proches.

Plus le temps passait, plus Sofia était fatiguée en fin de journée. C'était beau de rester au lit dans le noir, collés l'un contre l'autre, à discuter et à échanger nos impressions. Nous étions très sincères l'un avec l'autre, essayant de ne rien nous cacher, de tout partager, même nos craintes, elle particulièrement : « Je me demande si je fais ce qui est bon, si je mange comme il faut. J'ai envie de manger des cochonneries. Est-ce que l'accouchement se déroulera sans problème ? Et si je ne résiste pas à la douleur ? Peut-être ne suis-je pas assez forte ? Et puis j'ai peur de ne pas être une bonne mère. Serai-je capable de prendre soin d'une autre personne ? »

Il lui arrivait de pleurer, alors je la rassurais :

— Tu seras une très bonne maman, une mère très attentive. Et tu fais tout bien, même le médecin l'a dit, tes examens sanguins sont presque parfaits. Et puis tu n'es pas seule, je suis là, nous nous aiderons mutuellement.

— Est-ce que tu lis ce livre que je t'ai donné ?

— Je l'ai parcouru, je le commencerai vraiment demain.

Ce n'était pas vrai, mais elle, elle voulait que je lise un livre qui apprenait au papa comment se comporter avec le bébé. J'avais l'impression qu'il s'agissait d'une mode un peu ridicule, je pensais à mon père, à mon grand-père, à l'histoire du monde. Tous avaient vu le jour sans recourir à des livres. Chaque semaine, Sofia s'informait sur Internet de ce qui se passait dans son ventre. Cela m'impressionnait d'entendre que se formaient les organes, les ongles, les yeux. Mais je n'y voyais rien de romantique. Elle constatait que je n'étais pas attentif et me reprochait mon manque d'implication.

Un samedi après-midi, nous nous sommes rendus à une préparation à l'accouchement. Si j'avais pu choisir, je n'y serais pas allé, mais pour elle c'était d'une importance capitale. Elle était très sensible, et si je ne l'avais pas accompagnée, elle l'aurait vécu comme un abandon sur une aire d'autoroute. J'ai observé les têtes des autres futurs papas, et je peux affirmer avec certitude qu'aucun d'entre nous n'était content d'être là.

Alors que j'étais convaincu que j'allais me retrouver assis derrière un pupitre comme à l'école, j'ai constaté que la pièce était remplie de tapis et de coussins.

Mes genoux allaient s'ankyloser immédiatement, une véritable torture.

La prof de yoga qui animait la rencontre était une femme maigre avec des cheveux longs, habillée comme la disciple d'un gourou indien. En premier lieu, elle nous a distribué des feuilles pour y noter nos craintes. Elle les ramasserait ensuite pour les lire à voix haute de façon totalement anonyme.

Je ne savais pas quoi écrire, et comme elle passait déjà pour les récupérer, j'ai gribouillé à la hâte : « J'ai peur qu'il naisse sans yeux. »

Ce n'était pas vrai, mais ce qui est bizarre, c'est que j'ai commencé à le redouter au moment où je l'ai écrit.

Nous avons écouté parler de peurs en tout genre, puis la partie pratique a commencé : comment masser le dos quand les contractions commenceraient, que faire en salle de travail, la respiration et la bonne position.

Tout cela était passionnant, si l'on excepte le fait que Mauro m'avait invité ce week-end-là à la montagne pour fêter son anniversaire. Et j'aurais vraiment aimé y être.

Dans la voiture, sur le trajet du retour, Sofia m'a dit :

— Je me sens comme une baleine, j'ai peut-être pris trop de kilos.

— C'est normal, tu es enceinte.

J'ai tout de suite compris que j'avais donné la mauvaise réponse. Et pourtant, Sergio m'avait prévenu, les femmes, même quand elles sont enceintes, ne veulent pas entendre dire qu'elles sont grosses. Il m'avait même délivré la réponse adéquate : « Tu n'es pas grosse, à part un peu de ventre, tu es pareille qu'avant. Tes fesses, tes hanches et tes jambes sont les mêmes que celles d'une femme qui n'est pas enceinte. »

Et le grand jour a fini par arriver.

J'étais au travail quand Sofia m'a appelé, et quand son nom s'est affiché sur mon portable, j'ai eu la sensation de savoir déjà ce qu'elle allait me dire : « Nicola, je crois que cette fois-ci, nous y sommes. »

Je me suis senti tout faible, mes jambes tremblaient. Je suis parti en courant, oubliant ma veste et l'endroit où j'avais garé ma voiture. Quand je l'ai enfin retrouvée, je me suis rendu compte que j'avais oublié les clés sur mon bureau.

Tout en conduisant, je me répétais : *Je vais être papa, je vais être papa.* Dès que j'ai aperçu Sofia, j'ai été bouleversé par l'émotion, son visage était déjà différent, elle arborait une expression que je ne lui connaissais pas. Je lui ai massé le dos comme je l'avais appris au cours.

Dans la salle de travail, revêtu d'une chemise verte et d'une charlotte sur la tête, je me suis placé à côté d'elle et suis resté dans cette position jusqu'à la naissance de Leo. J'étais mal à l'aise mais je n'osais pas le dire, vu la douleur qu'elle était en train d'éprouver, elle. Cela me semblait assez malvenu de me plaindre de mon mal de dos alors qu'elle hurlait et tentait involontairement de réduire en bouillie ma main qu'elle tenait serrée avec une force surhumaine.

J'ai conservé des marques et des griffures pendant des jours.

J'avais un bras autour de son cou, le front contre sa tête. Je demeurais silencieux, elle avait juste besoin de me savoir présent, et pas de s'entendre dire comme dans les films : « Pousse, pousse ! » Elle m'aurait collé son poing dans la figure.

J'ai vu sortir Leo. J'ai vu sa tête apparaître sans comprendre de quoi il s'agissait. Je ne l'ai réalisé que lorsque j'ai aperçu une oreille. Quelques secondes plus tard, il était sorti tout entier.

On dit que lorsque son enfant naît, une partie de soi-même meurt au même instant. Cela a été le cas pour moi. Depuis cet instant, Sofia et moi n'avons plus été les mêmes, ni en tant qu'individus, ni en tant que couple.

12

Lorsque Sofia a eu terminé de donner le sein à Leo, j'ai quitté la maternité et suis reparti vers la maison. Je me suis promené un peu dans Milan. C'était une belle soirée d'automne, j'avais envie d'une cigarette, mais cela faisait plus de douze ans que je n'avais plus fumé.

J'ai un fils, je suis papa. Cela me semblait incroyable. Je recevais des messages de félicitations.

Le téléphone a sonné, c'était Mauro.

— Où es-tu ?

— Je me balade. Je viens de sortir de la maternité.

— Tu as envie d'être seul ou tu veux qu'on se retrouve pour boire un verre ?

— Je t'attends à Porta Romana.

Dix minutes plus tard, il arrivait à scooter, il m'a tendu un casque et nous sommes allés dans un pub.

— Alors, comment te sens-tu ?

— Je crois que le mot juste est « bouleversé ».

— Montre-moi des photos du petit.

J'ai toujours pensé que les nouveau-nés n'étaient beaux qu'aux yeux de leurs parents. Personne d'autre ne devrait être autorisé à les voir.

— Le voilà.

— Ce sont vraiment des petits monstres, mais ça fait leur beauté, avec toutes ces rides bizarres, a-t-il dit avec honnêteté. Comment s'est passé l'accouchement ? Tu l'as vu sortir ?

— J'ai tout vu.

— Tu es fou ! Moi, je ne pourrai jamais le faire. Selon moi, cet endroit doit rester enchanteur, accueillant et silencieux. Je serais incapable de le voir s'ouvrir et en sortir une créature gémissante. Ce serait un vrai film d'horreur. C'est comme emmener un enfant au Luna Park après un massacre de masse.

— La vache, quelle image !

— Tu penses que tu pourras encore faire l'amour avec elle ? Tu sais qu'il y a des hommes qui, après l'accouchement, se séparent de leur compagne ?

— Eh bien, figure-toi que dans la salle de travail, pendant que je lui tenais fort la main et qu'elle criait parce que la douleur était à son comble, tout à coup j'ai été excité.

— Tu as bandé ?

— Oui, et je suis resté dur un bon moment.

— Tu es complètement tordu !

— Ça m'a surpris moi aussi.

— Je ne mettrai jamais les pieds dans une salle de travail !

— Tu as décidé d'avoir des enfants ou quoi ?

— Mais noooon, a-t-il affirmé en éclatant de rire.

Nous avons bu quelques bières, et j'étais passablement éméché sur le chemin du retour jusque chez moi.

— Salut mon vieux, m'a dit Mauro avant que je pénètre dans l'immeuble.

J'ai arpenté l'appartement, c'était étrange de voir le petit lit vide. J'ai essayé de profiter de ma solitude mais, en réalité, j'avais envie qu'ils soient déjà là avec moi, je me sentais seul d'une façon nouvelle.

Le lendemain, la chambre de la maternité était pleine d'amis et de membres de nos familles : ses amies de Bologne, nos parents qui se rencontraient enfin, et d'autres gens dont je ne me souviens plus maintenant.

Pendant deux jours, le ballet des visites a été incessant puis, heureusement, le calme est revenu. De retour chez nous, nous étions enfin seuls.

Tout était délicat. Nous parlions à voix basse, Leo ne faisait pas grand-chose à part manger, dormir, remplir ses couches de selles aux couleurs bizarres. Le change était une opération que je faisais de façon très lente, il n'arrêtait pas de bouger et il me paraissait si fragile, ses jambes, ses bras, ses mains.

Sofia l'allaitait. Au départ elle avait craint de ne pas avoir suffisamment de lait, mais à présent ses seins étaient pleins. Parfois même ils gouttaient.

Les premiers jours s'écoulèrent tranquillement, j'étais impatient de rentrer à la maison après le travail, de refermer la porte et d'être là, simplement.

Quand je rentrais, il arrivait que Sofia soit étendue sur le canapé, épuisée. J'essayais de me rendre utile, je m'occupais de Leo, je l'aidais à faire son rot mais, le plus souvent, je m'occupais de la maison, je rangeais, je préparais à manger, je faisais les courses.

Ma mère avait préparé des soupes, des bouillons, des sauces que nous avions mis au congélateur. Cela s'est révélé une excellente idée. De temps en temps, elle faisait même tourner quelques machines à laver quand elle venait voir son petit-fils.

Je me suis découvert très prévenant envers Sofia et Leo. Parfois, quand il dormait, j'allais vérifier s'il respirait bien.

Quand j'en avais le temps, j'aimais m'allonger sur le canapé et le faire dormir sur mon torse pendant que je lisais un livre. Bien souvent, je m'endormais avec lui.

J'aimais sentir son odeur : sa tête, son cou, le souffle qui sortait de sa bouche. Il sentait bon le beurre, ça me rendait accro. Parfois, je m'approchais tant qu'il confondait mon nez avec le sein de sa mère et commençait à téter.

Sofia et moi nous extasiions de chacune de ses expressions, quand il s'étirait, quand il ouvrait les yeux ou remuait la bouche. Nous étions complètement gagas.

Parfois, quand je changeais sa couche, il me faisait pipi dessus et ça me faisait rire.

Je pouvais l'observer pendant des heures, comme un feu de cheminée. Quand il dormait, c'était véritablement hypnotique. Je le regardais et ma tête se remplissait de mille pensées.

Je pensais à lui, à sa vie, à ce qui l'attendait.

Tout serait nouveau : parler, marcher, faire du vélo, donner son premier baiser, son premier amour, ses copains de classe. Je pensais à la somme de joies, de rires, de bonheurs qui l'attendaient mais aussi de douleurs, de souffrances et de larmes. Désormais le monde lui appartenait plus qu'à moi.

Il n'avait même pas un mois, et déjà je l'imaginais, adulte, venant nous voir avec sa voiture, cela me paraissait fou. Imaginer qu'il aurait sa vie et comme moi, un jour, l'envie de quitter le foyer de ses parents. *Il faut que je sois plus gentil avec ma mère, je dois l'appeler plus souvent*, me suis-je dit.

Quand je le regardais dormir, je me demandais si j'allais être un bon père, si j'allais être capable d'être à l'écoute, de comprendre ses besoins, de le protéger des peurs et des dangers – et surtout de mes erreurs. Ce que je souhaitais le plus, c'était de ne pas le décevoir.

Penser qu'un jour j'aurais à me fâcher contre lui me faisait rire.

Après sa naissance, pour la première fois, en regardant un film, au cours d'une scène entre un père et son fils, je me suis identifié au père.

Quand on a un enfant, on cesse de chercher un père. En tout cas, c'est ce qui m'est arrivé. En allant déclarer la naissance de Leo, la femme au guichet m'a demandé :

— Vous êtes le père ?

— Oui.

— Bien, voici l'acte de naissance de votre fils.

Les mots « père » et « votre fils » m'ont d'abord semblé bizarres, puis ils m'ont fait monter le rouge aux joues, j'étais tout à coup rempli d'orgueil, ma poitrine s'est gonflée de joie, j'avais l'impression d'avoir accompli un acte exceptionnel dans ma vie, comme si tout auparavant n'avait été qu'un jeu sans importance. *Ça, c'est la vie*, ai-je ressenti. Quand je parlais avec des gens sans enfant, j'avais l'impression qu'ils étaient incapables de comprendre le sens des choses. Sofia et moi étions très protecteurs avec Leo, nous n'aimions pas qu'il passe de bras en bras, surtout pas dans ceux de quelqu'un qui portait un parfum trop agressif risquant de l'incommoder. Ce n'était pas évident de refuser, beaucoup se vexaient.

Si quelqu'un lui touchait le visage ou la bouche, cela me déplaisait, mais je n'étais pas toujours assez prompt pour les en empêcher. Sofia était plus directe, elle ne se gênait pas.

Des choses d'une beauté bouleversante arrivaient.

Un soir, pendant le dîner, Leo a commencé à pleurer, et Sofia lui a donné le sein. Comme elle n'avait pas encore terminé sa propre assiette, j'ai commencé à lui donner à manger, à elle. Ça a été un moment de grande union.

Nous prenions soin les uns des autres, nous étions une équipe, une bande, un foyer.

Lorsque Leo allait dormir, nous allions nous détendre sur le canapé, enfin seuls, et c'était comme des mini-vacances.

Nous avions appris à apprécier ces petits moments de liberté.

La fatigue aurait pu nous pousser au lit immédiatement, mais nous voulions préserver notre temps à deux.

Nous retrouver était fondamental. Nous avions toujours l'impression de ne pas nous être vus vraiment, comme si ce rendez-vous sur le canapé constituait nos premières retrouvailles de la journée.

Le temps s'écoulait, les soirées étaient toutes identiques. Au début, ce n'était pas un problème. Nous attendions notre moment sur le canapé comme un prisonnier pense à son heure de promenade, un repère fixe auquel s'accrocher.

Nous aimions regarder les séries télé, elles duraient juste le temps qu'il nous fallait, nous n'aurions jamais pu tenir la durée d'un film sans nous endormir. Quand un épisode finissait, nous échangions un regard pour déceler si nous avions la force d'en regarder un autre.

Nous nous offrions un petit plaisir, une douceur, du chocolat, un biscuit ou une glace. « Nous l'avons bien mérité », aimions-nous à répéter. En quelques mois, j'avais pris trois kilos, mais peu m'importait, j'étais heureux.

Mais rapidement, les choses ont commencé à changer. La délicatesse, la beauté, la magie ont laissé place à autre chose.

Quand la nouveauté n'en est plus une, quand l'enthousiasme disparaît, alors commencent les difficultés, la poésie s'évanouit et le réel revient au galop.

La première période est excitante, même quand on change la couche de l'enfant et qu'on découvre que le caca lui est remonté jusqu'au cou. Mais ensuite, les journées se révèlent répétitives, et ne laissent que peu de place à l'inattendu.

Un jour, Sofia m'a dit : « Je comprends mieux maintenant pourquoi les gens qui ont des enfants ne parlent que de cela, parce qu'il ne se passe plus rien d'autre dans leur vie. Rien ne survient, c'est toujours la même journée qui recommence. »

Je rentrais à la maison après le travail et je lui demandais comment s'était passée la journée, mais elle n'avait rien d'autre à me raconter que le nombre de fois que Leo avait fait caca ou le nombre d'heures qu'il avait dormi.

Nous n'étions pas préparés à cela, et les livres que nous avions consultés avec application ne nous étaient d'aucune aide.

Notre idée de la vie qui nous attendait se révélait complètement erronée. Je croyais qu'à part l'abattement et la fatigue des nuits interrompues, le reste serait inchangé, en particulier ma relation avec Sofia.

Quand des amis nous terrorisaient par leurs récits, nous pensions toujours que pour nous, ce serait différent. Nous et notre enfant ne serions pas comme eux. Notre enfant n'allait pas hurler, il allait bien se comporter. Parce que, au fond, nous étions toujours nous deux, nous-mêmes, avec en plus un petit être à aimer, un enfant qui nous rendrait heureux rien qu'à le regarder.

Aucun de nous ne pouvait imaginer qu'à un certain moment, en nous tournant vers l'autre, nous nous trouverions face à un étranger.

13

Les premiers mois, Leo dormait avec nous, mais comme j'avais peur de l'écraser en me retournant, Sofia l'a déplacé vers le bord du lit. Il dormait entre elle et un coussin pour l'empêcher de tomber. Je ne le voyais plus, je ne voyais que le dos et la nuque de Sofia. Peut-être était-ce un premier signe. Son dos m'excluait, même si nous étions tous les deux d'accord pour dire que c'était la meilleure position. Toutes les deux heures, Leo se réveillait pour manger, j'arrivais à me rendormir presque immédiatement jusqu'aux prochains pleurs, mais nous n'étions pas à l'aise.

Sofia avait décidé de laisser une lampe allumée toute la nuit parce qu'elle n'arrivait pas à donner le sein dans le noir. Et moi, j'ai toujours eu besoin de l'obscurité pour dormir. Le compromis était de mettre un paréo ou une chemise sur la lampe pour en atténuer la luminosité. Mais comme cela n'était pas suffisant, je prenais un tee-shirt que je mettais sur mes yeux. Chaque fois que je me tournais ou que je bougeais, je devais le replacer. Un désastre. De plus, Leo faisait toutes sortes de bruits pendant son sommeil, des petites plaintes et des sons gutturaux. Peut-être avait-il des gaz, ou des coliques. J'avais l'impression de ne pas dormir de la nuit. Je flottais dans un état intermédiaire entre le sommeil et la veille. Le matin, j'étais épuisé, incapable de savoir si j'avais dormi ou pas. Je me souviens une nuit avoir regardé l'heure en pensant qu'il était 2 heures, alors qu'en réalité, il ne restait que dix minutes avant 7 heures. Au bout de deux mois à ce rythme, j'étais exténué, et il me semblait que je ne récupérerais jamais de cette fatigue, parce qu'il n'y avait jamais un moment de pause. Les samedis et les dimanches n'existaient plus, tous les jours sont semblables pour un nouveau-né.

La fatigue avait accentué mes ronflements, et quand Sofia avait fini d'allaiter, elle ne parvenait plus à se rendormir, alors elle me donnait des petits coups pour me faire arrêter, et je me réveillais.

— Tu pourrais faire plus doucement, sans me réveiller, quand même.

— Je n'ai pas fait exprès.

À cette période, chaque fois que je me réveillais la nuit, j'étais assailli de mille pensées, d'angoisses, de craintes, mes soucis professionnels me tourmentaient et je ne parvenais plus à les écarter. Je pouvais rester éveillé des heures au beau milieu de la nuit.

Au petit déjeuner, on aurait dit une compétition pour déterminer celui qui avait le moins dormi.

— Je suis resté éveillé jusqu'à 3 heures.

— Leo s'est réveillé cinq fois et quelque chose n'allait pas, car chaque fois que je le reposais il se mettait à pleurer. J'ai dû le changer deux fois.

— J'ai entendu. Quand tu m'as réveillé parce que je ronflais, je venais à peine de m'endormir.

— Je suis désolée, mais j'avais peur que tu le réveilles, il venait de s'endormir.

Un jour, elle m'a dit :

— Pourquoi ne vas-tu pas dormir sur le canapé ? Comme ça, je ne te réveillerai pas, et toi non plus.

— Ce n'est pas une mauvaise idée.

Je n'aurais pas à me réveiller chaque fois qu'elle donnait le sein et je pourrais ronfler sans gêner quiconque.

De plus, le canapé était confortable, j'y dormais bien. J'avais même l'impression que dormir là tout seul, c'était un peu comme être en vacances. J'allumais la télévision, le volume au minimum, et je m'endormais sans même m'en rendre compte. Il m'arrivait de me réveiller la nuit, les lumières de l'écran balayant mon visage.

Mon exil sur le canapé a été une nouvelle évolution, le degré de plus après que Sofia m'avait tourné le dos et gardé Leo de son côté.

Ils passaient ensemble tout le jour et toute la nuit, tandis que moi, la journée, je travaillais, et la nuit j'étais sur le canapé. J'ai commencé à ressentir qu'ils étaient en train de construire une relation à deux très intime, et qu'elle et moi nous éloignions l'un de l'autre. Nous étions également moins complices, comme si nous nous étions déconnectés. Nous n'étions plus ce couple qui avait désiré un enfant : eux deux – elle et Leo – formaient un nouveau couple, et moi je venais après, comme un accessoire. Je ne servais qu'à faire les courses, cuisiner, étendre le linge ou à lui passer tout ce dont elle avait besoin quand Leo était au sein : « Peux-tu me donner cette couverture ? », « Tu pourrais prendre cette serviette ? », « Tu peux me passer le téléphone ? », « Tu m'apportes une paire de chaussettes pour Leo ? »

Quand elle allaitait, elle avait tout le temps soif. Désormais, je lui apportais de l'eau sans même qu'elle me le demande.

On aurait dit que Leo était son fils, et non le nôtre. Elle a commencé à me demander les choses de façon différente, comme si elle était devenue le chef. Je le lui ai fait remarquer un jour, et elle a répondu que ce n'était pas vrai et s'est excusée. Mais pour le lui signifier, de temps en temps, je répondais : « Mais bien sûr, Madame » ou : « À vos ordres, chef ! » Je m'attendais qu'elle rie, mais cela l'agaçait au plus haut point.

Quelque chose faisait défaut entre nous, mais je ne parvenais pas à définir de quoi il s'agissait, c'était comme si tout à coup nous ne nous reconnaissions plus.

Je cherchais à l'aider du mieux possible, mais c'était toujours insuffisant ; j'ai commencé à me sentir incapable.

Les jours et les semaines passaient, et la situation ne faisait qu'empirer. Depuis que Leo était entré dans notre vie, j'étais devenu inapte à assurer les tâches du quotidien, ou du moins c'était ce que Sofia me laissait entendre. On aurait dit qu'elle n'avait plus confiance en moi. Elle s'adressait souvent à moi comme à un enfant maladroit.

Un jour, elle m'a même grondé :

— Je ne peux pas courir derrière lui et derrière toi en même temps, il serait temps que tu apprennes à ranger, tu ne vis plus avec ta mère !

On aurait dit que pour n'importe quel geste anodin, j'avais désormais besoin d'elle, de sa supervision. Elle était devenue une sorte d'hélicoptère qui me tournait autour et surveillait le moindre de mes actes.

Je devais faire attention à la façon dont je prenais Leo dans son lit, à bien soutenir sa nuque pour ne pas lui faire mal, à la façon dont je le tenais dans mes bras, à comment je lui faisais faire son rot, à comment je le déplaçais. Quand je changeais sa couche, elle était derrière moi, et elle intervenait pour me corriger parce que c'était trop serré, ou trop lâche, ou trop haut ou trop bas.

« Est-ce que tu l'as bien essuyé avant ? Hier il était tout rouge, ça veut dire qu'il n'était pas sec. »

Un jour qu'elle était en train de donner le sein sur le canapé et qu'elle avait froid, je lui ai demandé :

— Je t'apporte un pull, lequel veux-tu ?

— Merci, mais je me débrouillerai quand j'aurai fini, parce que toi, tu vas chambouler tout le tiroir pour le trouver.

Ainsi je n'étais même plus capable de prendre quelque chose pour elle dans un tiroir. La moindre occasion était bonne pour me diminuer.

Au lieu de me vexer et de lui en vouloir, j'ai commencé à sourire, je ne sais pourquoi. J'aurais même pu en rire. Quelle étrange réaction !

Dans notre façon de nous occuper de Leo, des désaccords se sont fait jour. Nous avons découvert que nous avions des façons différentes d'interagir et de nous comporter avec lui.

— Je pense que quand il pleure nous ne devons pas accourir immédiatement pour le prendre dans nos bras, sinon il va prendre de mauvaises habitudes.

— Oui, je sais, mais c'est difficile de l'entendre et de ne rien faire, a répondu Sofia.

— Peut-être les premières fois, ensuite il va s'habituer.

En théorie elle était d'accord avec moi, mais aux premiers cris elle s'est précipitée vers lui. À son retour, je ne l'ai même pas regardée, j'ai fait semblant de rien, mais cela m'avait beaucoup agacé.

Je n'avais jamais été aussi susceptible et rancunier, peut-être étais-je vexé de voir que je n'avais aucune autorité et que ce que je disais et pensais ne comptait pas.

Cela concernait aussi des décisions à prendre plus importantes. Après les trois premiers mois, il fallait faire des vaccins, mais tous n'étaient pas obligatoires.

Nous nous sommes renseignés pour déterminer lesquels lui administrer. J'étais enclin à suivre les prescriptions médicales, tandis que Sofia, qui ne prend de médicaments que dans des cas extrêmes et avait lu que les vaccins pouvaient être dangereux, y était réfractaire. La question était difficile à trancher, et plus nous nous informions, plus s'accentuait notre indécision. Par ailleurs, on nous a appris qu'en l'absence de ces vaccins nous ne pourrions pas inscrire Leo dans certaines crèches ou écoles.

« Il n'y a pas de risque. Au pire, une petite douleur et de la fièvre quelques jours. Rien de plus », a tenté de nous rassurer notre pédiatre. Mais d'autres personnes disaient que les vaccins contenaient des métaux lourds qui pouvaient laisser des séquelles irréversibles. La décision demeurait difficile à prendre, nous avons fini par opter pour les seuls vaccins obligatoires.

Sur le petit lit médical, Leo nous regardait sans comprendre ce qui était en train d'arriver, il n'avait pas peur, il souriait et jouait avec Sofia. Quand on lui a fait la piqûre, il s'est mis à pleurer et, pour moi, ses larmes exprimaient aussi sa déception envers nous, qui ne l'avions pas protégé. C'était idiot, il ne s'agissait que d'une piqûre, mais nous sommes sortis du dispensaire tous les trois émotionnellement éprouvés.

Certains couples ont besoin d'un troisième élément pour se sentir unis, un espace en commun où s'enracine leur amour – un enfant, un chien, un chat, un hobby, un projet, une activité professionnelle. Ils arrivent mieux à s'aimer à travers un tiers.

Pour beaucoup, l'arrivée d'un enfant est le moment le plus beau de leur vie, le bonheur est si intense qu'il fait exploser leurs poitrines et les fait se sentir plus unis que jamais.

Mais pour Sofia et moi, cela n'a pas été le cas. L'arrivée de Leo a bouleversé notre équilibre et nous nous sommes retrouvés tout à coup emportés dans une puissante tourmente.

De temps en temps, je me retrouvais encore à dormir sur le canapé.

Ce que nous avions construit avant d'avoir un enfant, la chaleur de notre relation, notre façon d'être ensemble paraissait toujours plus lointain. Nous ne nous disputions pas beaucoup pendant la journée, nous avions le talent de ne pas être trop affectés par les moments de tension, mais la distance entre nous ne faisait qu'augmenter.

L'ironie et la complicité n'étaient qu'un lointain souvenir.

Je savais que notre sexualité connaîtrait une baisse, je m'y attendais. Sofia n'avait pas retrouvé son corps d'avant, elle se sentait fatiguée, peu attirante, elle était épuisée. De plus, ses hormones lui jouaient encore des tours, ce qui ne nous aidait pas.

Un soir, à mon retour, elle m'a dit tout à coup :

— Je suis affreuse, je suis toute gonflée, je suis grosse, quand je me regarde j'ai envie de pleurer. Quand tu reviens à la maison, je me sens coupable de l'état dans lequel tu trouves l'appartement, un bazar total comme si j'étais restée toute la journée sur le canapé, alors que je n'ai pas eu un moment de libre. Tu ouvres la porte et tu me trouves là, encore en pyjama avec un haut maculé de lait et de vomi. Et tu sais à quoi je pense quand je me vois comme ça ? Que pendant ce temps, tu es au travail et que tu vois des femmes en talons hauts, les cheveux propres et bien coiffés, minces, maquillées, sexy, et je sais que quand tu les vois, tu les compares à moi qui suis à la maison en pyjama et qui n'ai même pas eu le temps de prendre une douche.

L'absence de relations sexuelles ne m'inquiétait pas tant que ça, je savais que ça ne durerait qu'un temps et que c'était normal. Je n'en avais moi-même pas tellement envie. À la naissance d'un enfant, l'homme perd immédiatement presque un tiers de son niveau de testostérone pour au moins cinq ans. C'est plutôt notre intimité qui m'inquiétait, car elle s'amenuisait jour après jour. Nous n'arrivions plus à communiquer, je rentrais à la maison le soir et je ne trouvais pas un moment pour lui parler, alors que nous avions toujours discuté pendant des heures.

Le bébé était au centre de tous les instants. Ses cris couvraient nos mots.

Tandis que je lui racontais quelque chose qui me tenait à cœur, elle m'interrompait parce qu'elle avait entendu du bruit dans la chambre de Leo, qui était peut-être en train de se réveiller. Parfois même, elle me faisait « chuuut » avec le doigt sur la bouche. Peu de choses ont le don de m'énerver plus que ça.

Pire encore, nous étions parfois au cœur d'une discussion, et tout à coup elle se levait pour se précipiter vers lui et je restais comme un idiot, la bouche entrouverte, ce qui me rendait encore plus fou de rage. J'étais frustré que la priorité soit toujours donnée à l'enfant.

Parfois, après une crise, je continuais la dispute intérieurement et il m'arrivait de m'énerver contre moi-même parce que me venaient des réponses que je ne lui avais pas dites. *J'aurais dû lui dire que...* ne cessais-je de ruminer.

Tout était devenu laborieux, si bien que lorsque je partais travailler le matin, c'était avec soulagement. Je me regardais dans le miroir de l'ascenseur et me disais : *Mais dans quel pétrin tu t'es fourré ?*

Sofia semblait aussi jalouse du fait que j'aille travailler. Quand elle en parlait, j'avais l'impression qu'elle voulait me culpabiliser.

Comme si moi j'avais encore une vie propre, tandis qu'elle ne pouvait plus rien faire, puisque toute sa journée était dictée par les besoins de Leo.

— Tu sais, je pars travailler, pas en vacances, mon seul loisir c'est quand je suis en voiture à l'aller et au retour, lui ai-je dit un jour.

— Mais au moins tu sors, tu vois des gens, tu déjeunes avec eux, vous riez ensemble. Tu ne peux pas savoir combien tout cela me manque !

— Encore quelques mois de patience, et tu retourneras travailler toi aussi.

— Dans un showroom ? Tu n'imagines pas comme je suis impatiente ! a-t-elle répondu, sarcastique.

Je n'ai rien dit, je ne savais pas quoi ajouter.

— J'aime être maman, mais parfois c'est vraiment lourd.

Ce qui rendait tout encore plus difficile, c'était le fait qu'elle soit seule, qu'elle ne soit pas dans sa ville, à proximité de ses amies, de sa famille.

— Pourquoi n'engagerions-nous pas quelqu'un pour t'aider ? Deux heures par jour, histoire que tu puisses sortir un peu seule, marcher, aller à la gym si tu as envie. Décrocher un moment.

— C'est trop tôt. Peut-être un peu plus tard. Je ne me sens pas encore capable de le laisser à une étrangère.

Et puis, à qui aurions-nous pu le confier ? Nous pensions qu'il était encore trop tôt pour recourir aux services d'une baby-sitter, mais je sentais qu'il nous fallait nous retrouver un peu tous les deux. J'ai même réussi à la convaincre un soir d'aller dîner dehors tous les deux, comme autrefois.

Elle allaitait encore toutes les trois heures, mais elle a accepté que ma mère garde Leo et lui donne du lait en poudre s'il se réveillait et qu'il avait faim.

Nous avons essayé de nous amuser, nous aurions voulu nous soûler ensemble, cela faisait si longtemps, mais elle ne pouvait toujours pas boire, alors j'ai pris une gorgée de vin et je l'ai embrassée, juste pour lui en faire retrouver le goût.

C'était un bon premier pas. Quand nous sommes rentrés à la maison, Leo dormait après avoir fini presque tout son biberon de lait maternisé.

Hélas, il a été constipé pendant presque trois jours, à tel point que nous avons dû lui administrer des petits suppositoires pour nourrissons. Il a fallu une semaine pour que son transit revienne à la normale. Sofia s'est sentie coupable pendant des jours et, même si elle n'en a rien dit, elle m'en voulait encore plus qu'à elle-même.

Plus rien n'était simple, pas même un dîner.

Un soir, je suis resté éveillé dans le lit pendant des heures.

Je réfléchissais à ma vie, je retournais cette pensée dans tous les sens, dans la tentative de mieux la comprendre. J'étais un peu perdu. Je ne comprenais pas comment j'avais pu m'éloigner autant de moi-même.

J'avais l'impression de me trouver à l'intérieur de ces jeux que l'on trouve dans certaines revues : en fonction de la réponse que l'on donne à une question, on prend le chemin de la question suivante et ainsi de suite jusqu'à la fin du parcours, où l'on nous révèle quelle personne on est. J'avais la sensation d'être une somme de petits compromis, de réponses « attendues » plutôt que « sincères », et je ne retrouvais plus le chemin pour rentrer chez moi, je ne me souvenais même plus d'où j'étais parti et dans quelle case j'étais au début. À la fin du parcours, la personnalité qui se dessinait ne me ressemblait plus.

Morceau par morceau, petit à petit, je cherchais le sens de l'ensemble, mais quelque chose m'échappait. J'ai eu la sensation qu'à certains moments ce n'était pas moi qui décidais. Peut-être était-ce la vie elle-même.

Tandis que j'essayais d'interpréter et de comprendre mes sentiments, je me suis senti envahi par une immense culpabilité. J'ai pris la mesure de quelque chose dont j'ai eu honte. Avant que je devienne père, on m'avait dit des choses extraordinaires : « Dès l'instant où dans la salle de naissance on dépose l'enfant dans tes bras, tu ne comptes plus, il n'y a que lui qui compte et son bien-être. Avoir un enfant signifie aimer un autre plus que soi-même, plus que sa propre vie. »

Cela ne m'était pas arrivé.

Je l'aimais, je sentais que je voulais le protéger, prendre soin de lui, mais je ne ressentais pas cet amour dont tout le monde m'avait parlé, cet amour qui m'aurait effacé moi-même. En tout cas pas à l'instant où je l'ai pris dans mes bras la première fois. C'est arrivé après, ça a grandi lentement, je l'ai construit.

Au début, j'étais vraiment agacé de ne pas pouvoir faire les choses comme avant, de n'avoir jamais de temps pour moi, pour mes propres besoins. Il me semblait que la personne la plus importante pour moi était encore moi-même, j'ai continué à vouloir les mêmes choses qu'auparavant.

J'ai compris que la source de mes angoisses était de ne pas pouvoir revenir en arrière, j'allais être père pour le restant de mes jours.

J'ai arrêté de faire du sport, d'aller au cinéma, au théâtre, à des concerts, je me sentais coupable de laisser Sofia seule à la maison le soir. Je ne faisais rien d'autre que d'aller travailler. Même Mauro cherchait moins à me voir, et je le comprenais. C'était déprimant de devoir lui dire non chaque fois qu'il me proposait de sortir. « Tu n'es quand même pas en prison, tu peux aller prendre une bière avec un ami, on dirait que tu es le seul au monde à avoir un enfant. »

J'avais l'impression de décevoir tout le monde, les gens avec lesquels je travaillais, ma mère, mes amis, Sofia. Et surtout moi-même.

Quand je rentrais du travail, j'aurais voulu souffler un peu, mais Sofia voyait en mon retour un salut. J'aurais voulu écouter de la musique ou rester silencieux, elle avait envie de discuter. Un soir, elle m'a dit :

— J'ai besoin de parler avec un adulte, mais toi, tu es toujours distant, même quand tu es à la maison, tu ne dis plus rien, on dirait que je suis devenue transparente.

— Je suis juste fatigué. Cela fait des mois que nous ne dormons pas.

— C'est à moi que tu dis ça ?

— Au moins, toi, tu peux faire la sieste l'après-midi en même temps que Leo.

Son regard indiquait qu'elle aurait pu m'étrangler. J'ai tenté de rattraper mon erreur :

— Je sais que pour toi, c'est encore plus dur, cela n'a rien à voir avec toi, c'est la situation qui veut ça.

Elle avait l'impression de tout faire pour les autres et de recevoir bien peu en retour.

— Je sais que tu es fatigué, mais tu es aussi moins affectueux, on dirait que tu cherches à m'éviter.

— Je ne l'ai jamais été tant que ça...

— Ce n'est pas vrai, avec moi, tu l'étais, et avec Leo tu l'es : tu le câlines, tu l'embrasses, tu joues avec lui, tu le regardes avec amour. C'est avec moi que tout cela est fini.

— Avec lui, ce n'est pas pareil.

— Comment ça ?

J'ai fait une grimace, je n'ai pas su quoi répondre, mais j'ai compris que j'avais encore commis un impair.

Le soir, comme nous étions assis ensemble sur le canapé, je lui ai dit :

— Je suis désolé d'être si peu affectueux.

— Toi, excuse-moi.

— De quoi ?

— D'être devenue vraiment pénible, je me plains tout le temps, sans même m'en apercevoir.

Nous nous sommes donné un baiser. Il aurait dû être bref, mais il a fini par se transformer en un long et langoureux baiser. Cela m'a excité. Je l'ai prise par les hanches et je l'ai attirée vers moi.

— Qu'est-ce que tu fais ?

— Viens là.

— Je suis épuisée, je n'ai pas envie.

— Comment ça ?

— Pas maintenant, je n'ai même pas pris de douche aujourd'hui.

— Je préfère quand tu n'en prends pas, j'adore ton odeur !

— Cette fois, j'ai dépassé les limites, je vais même passer deux minutes sous la douche avant de me mettre au lit, sinon je risque de ne pas en prendre demain non plus.

— Mais d'abord on fait l'amour.

Elle a essayé de m'éloigner encore, mais j'ai senti qu'il y avait moins de conviction dans son refus. Nous avons fait l'amour. Cela faisait trois mois que ce n'était pas arrivé.

14

Avant de devenir papa, je pensais qu'habiller un enfant, c'était comme d'habiller une poupée. J'avais oublié que c'était un être vivant qui bouge en permanence.

Leo n'était jamais immobile quand je le changeais – il ne l'est pas plus aujourd'hui, bien qu'il ait grandi. Il donnait des coups de pied, se débattait et essayait de se tourner pour descendre de la table à langer. Les bodys et les pyjamas se ferment avec des boutons-pressions. Même après plusieurs mois, j'en ratais toujours un ou je me trompais d'ordre.

Tandis que je me débattais avec le petit pyjama de Leo, Sofia a dit :

— J'ai eu ma mère au téléphone, elle a proposé que nous allions déjeuner chez eux dimanche.

Parfois, j'avais la sensation d'être dans un jeu dans lequel à chaque niveau la difficulté augmente. Après la semaine de travail pleine de problèmes, je n'avais qu'une envie, c'était d'être tranquille chez moi.

— Pourquoi n'y allez-vous pas tous les deux ? J'ai des choses à ranger.

J'ai compris à son regard que ma réponse lui avait déplu. Il y a eu un silence pesant, puis elle a dit :
— D'accord.

Elle a pris Leo dans les bras et elle est allée dans le salon, elle s'est assise par terre et a commencé à jouer avec lui. Je me suis demandé s'il s'agissait d'une de ces fois où elle usait de son affection envers Leo comme d'une arme pour que je me sente exclu. Il arrivait qu'après une dispute elle se comporte ainsi, ce qui me rendait fou de rage. Mais cette fois-ci, ce n'était pas pareil.

Je regrettais déjà de lui avoir proposé d'aller seule chez ses parents. J'ai compris le sens de ce que disait Sergio : « Ce que toi, tu veux, cela n'a plus d'importance. » J'en étais bien là ; en ce qui concernait le fait d'avoir du temps pour soi, ce ne serait jamais plus le moment.

La raison de nos plaintes réciproques était souvent que j'aurais souhaité plus de liberté, de calme, tandis qu'elle au contraire semblait vouloir plus d'attentions, plus de partage, plus de vie de famille. Nos désirs divergeaient.

J'avais besoin de solitude pour pouvoir penser à mes affaires, de même qu'elle aurait dû se consacrer davantage à elle, à cultiver ses centres d'intérêt de façon à nous apporter de nouvelles énergies et des enthousiasmes à partager. Mais elle semblait toujours privilégier le *nous* plutôt qu'être seule. Quand je lui disais que je pouvais m'occuper de Leo et qu'elle pouvait sortir, c'était comme si j'essayais de l'exclure, de l'éloigner, comme si je ne voulais pas être avec elle. Si je voulais emmener Leo se promener, elle me répondait qu'elle venait avec nous. À ce stade, j'avais envie de lui dire : « Alors sors avec lui, et moi, je reste à la maison. »

J'aurais voulu qu'elle me propose de me laisser seul comme je le faisais avec elle.

Au fil des années, ma passion pour la cuisine s'était épanouie. Cuisiner me permettait de me plonger dans mes pensées. J'écoutais de la musique, j'ouvrais une bouteille de vin rouge, me servais un verre, et j'étais comblé. Je coupais les légumes, préparais des sauces, toutes sortes de risottos. C'était pour moi de vraies vacances.

Un soir, j'étais en train de préparer un bouillon de légumes, j'étais seul à la maison, la voix de la Callas emplissait tout l'espace, je dégustais un dolcetto d'Alba et je pensais à mes affaires. Sofia est rentrée à la maison avec Leo, elle était fatiguée, il avait faim et il était en train de la pousser à bout. Elle a pénétré haletante dans la cuisine, a allumé la hotte de la cuisinière, a ouvert la fenêtre en disant qu'on sentait l'odeur des légumes depuis les escaliers, puis elle m'a dit qu'elle s'occupait de surveiller la cuisson, qu'il fallait laver Leo et le mettre en pyjama, et m'a demandé si je pouvais m'en charger.

— Bien sûr, ai-je répondu.

Comment aurais-je pu refuser ? Elle avait passé la journée entière avec ce petit être plein de besoins que l'on appelle « bébé ».

Voilà, c'était notre vie, de brefs moments de quiétude dérobés, chassés en une seconde. En quelques minutes, je passais de la Callas, avec qui je m'envolais tout en buvant du vin, à mon fils, à qui je donnais son bain à genoux.

C'est comme quand je suis en train de rêver et que Leo me réveille.

Une fois, j'étais en train de me promener dans New York et je me suis arrêté dans un bar pour prendre un café. Alors que j'attendais que la serveuse arrive, la porte d'entrée s'est ouverte et Robert De Niro est entré. Il s'est approché de ma table et m'a demandé s'il pouvait s'asseoir avant d'ajouter :

— J'ai quelque chose d'important à te dire.

Dans mon rêve, je me comportais avec lui comme avec n'importe qui. Après s'être assis face à moi et m'avoir longuement regardé, il a dit :

— Tu sais quel est ton talent, cher Nicola ? Ce qui te sauvera toujours dans la vie ?

— Non, dis-moi.

Mais soudainement, dans le bar, quelqu'un s'est mis à crier, on aurait dit des pleurs d'enfant. Il m'a fallu quelques secondes pour comprendre que c'en étaient bien. C'était Leo. Sofia s'est levée pour le calmer, j'ai fait tout mon possible pour me rendormir et reprendre le rêve là où il s'était interrompu, mais De Niro était parti pour toujours. Parfois, les enfants anéantissent nos rêves.

Pendant le dîner, il y avait encore de la tension entre nous.

J'ai regardé Sofia et je lui ai demandé :

— Tu m'en veux pour le déjeuner chez tes parents ?

— Non.

— Sois sincère.

Après un silence dans lequel résonnait fortement le cliquetis des couverts, elle a répondu :

— Pendant la semaine, nous ne passons pas beaucoup de temps ensemble, alors si le week-end je ne suis pas là, quand est-ce que nous nous voyons ? Je suis contente de voir mes amies, mais maintenant j'ai aussi une famille et j'aimerais que nous soyons tous ensemble. Arrête de me repousser.

— Je ne te repousse pas.

— La prochaine fois, j'irai en semaine, d'accord ?

— D'accord, mais je ne te repousse pas.

Elle savait que ma gentillesse était feinte, c'était un mensonge. Elle savait qu'en réalité j'avais envie de lui dire : « Débarrassez le plancher et fichez-moi la paix pendant quelques jours. »

Quand je lui suggérais d'aller quelque part sans moi, elle le prenait toujours mal.

Il m'arrivait d'être impatient que le lundi matin arrive, parce que certains week-ends, je n'en pouvais plus de tant de famille. Cela me pesait, comme si je me sentais vidé et que je n'avais plus ni amour ni attention à donner. Je me sentais pris en otage et j'avais honte de ne pas avoir envie d'être avec la femme que j'aimais et avec mon fils. Quand je me sentais comme ça, je faisais les choses par devoir, mais sans plaisir. Toutes les petites obligations devenaient de l'esclavage domestique.

Mais plus je m'évertuais à dissimuler quelque chose, plus Sofia le percevait. Elle comprenait que je n'avais pas envie d'être là avec eux, et je me rendais compte que je la décevais et la blessais. Dans ces moments-là, j'étais peu sensible à ce qu'elle ressentait, je pouvais atteindre des niveaux d'égoïsme inouïs. Parfois j'en étais désolé et, tout en essayant de dissimuler mon humeur, je me mettais à imiter mon moi des bons jours, quand je prenais plaisir à être avec eux.

Mais le repas dominical chez ses parents, je m'en serais bien dispensé. Je n'ai jamais aimé passer le dimanche chez eux, et depuis l'arrivée de Leo c'était encore pire. Sa grand-mère le dévorait. Elle ne le lâchait pas une minute dès notre entrée dans l'appartement, elle était sans arrêt après lui. Comme si c'était son enfant.

La famille de Sofia devait penser que j'avais des problèmes de prostate parce que quand j'étais chez eux, j'allais des dizaines de fois aux toilettes. Je fermais la porte, je m'asseyais sur le trône et je poussais un grand soupir de soulagement en me demandant comment je m'étais débrouillé pour me retrouver dans cette situation. J'avais choisi Sofia, et non toutes ces personnes assises dans le salon.

Même pour eux, se voir sans moi, ç'aurait été plus spontané, ils pouvaient être ensemble de façon moins formelle. Quand je vais voir ma mère seul, c'est autre chose que lorsque j'y vais avec Sofia, nous sommes plus intimes.

J'ai tenté, un jour, d'en parler avec Sofia, elle m'a répondu que c'étaient des conneries, des excuses que je m'inventais pour ne pas y aller avec elle et n'en faire qu'à ma tête.

Une autre raison pour laquelle je n'allais pas volontiers chez ses parents était que j'avais toujours pensé que l'homme de la maison pouvait, en effet, poursuivre ses occupations personnelles, comme l'avait toujours fait mon père. Le dimanche, il ne venait quasiment jamais chez mes grands-parents avec ma mère et moi, sans que cela crée de disputes pour autant.

156

Quand nous sommes allés nous coucher, Sofia m'en voulait encore. J'ai toujours détesté ça, aller au lit avec un reste de tension entre nous. Cela peut me tenir éveillé pendant des heures, ou à l'inverse me plonger dans un sommeil profond, comme si je voulais m'enfuir.

La dernière fois que c'était arrivé, elle m'avait dit : « Tu t'es endormi comme si de rien n'était. On se dispute, et toi tu te tournes de l'autre côté et tu t'endors. Cela m'a encore plus énervée et je n'ai pas dormi de la nuit. Mais comment fais-tu pour dormir dans une situation pareille ? Tu n'en as vraiment plus rien à faire de nous ! »

Ce soir-là, dans le lit, j'ai compris qu'elle avait raison. Cela faisait déjà trois fois que je lui proposais d'aller seule chez ses parents : « Pourquoi ne passerais-tu pas un week-end chez tes parents ? Comme ça, tu peux sortir avec tes amies et tes parents voient Leo. »

Je me suis approché pour l'embrasser. Quand elle est fâchée, il lui suffit d'habitude d'un coup d'épaule pour m'éloigner, puis elle tire la couette sur elle, comme si les autres nuits ma part de couette n'était que le fruit de sa générosité.

Ce soir-là, elle me tournait le dos et quand je l'ai embrassée par-derrière, elle est restée immobile. Ni un refus ni un consentement. Nous nous sommes endormis comme ça, en silence. Le lendemain matin, elle ne semblait pas fâchée.

— Je crois que dimanche je vais venir aussi, j'ai changé d'avis.

— Si tu ne le fais que pour moi, ne t'inquiète pas, je comprends que tu sois fatigué.

Elle avait l'air sincère.

— Je vais me reposer ce soir, ce n'est pas un problème. Ça te dirait qu'on aille faire un tour dans le centre tout à l'heure ? Comme ça, juste pour prendre l'air ?

Elle m'a souri, heureuse.

Au cours de cette promenade, j'ai identifié une autre raison pour laquelle je n'aimais pas aller chez ses parents : j'étais jaloux. J'étais jaloux de Leo, de tous ceux qui voulaient le prendre dans leurs bras, qui se démenaient pour avoir sa préférence, qui ne le laissaient pas tranquille un seul instant. Et j'étais aussi jaloux de Sofia, j'étais jaloux d'elle quand nous étions avec sa famille. Elle était à moi désormais, pas à eux.

— À quoi penses-tu ? m'a-t-elle demandé.

— J'ai hâte de sortir dîner avec toi, en tête à tête, boire du vin et bavarder comme avant.

Si je lui avais dit ce à quoi je pensais, elle ne m'aurait pas cru, et surtout j'aurais eu l'air d'un imbécile.

J'ai regardé Leo dans sa poussette et j'ai pris la main de Sofia.

Vous êtes ma famille, me suis-je dit, *et je ne veux la partager avec personne.*

15

J'ai compris que Sofia ne veut pas seulement se sentir aimée, ça ne lui suffit pas, elle veut aussi être désirée, elle veut sentir qu'elle me fait tourner la tête, que je meurs d'envie de la plaquer contre un mur pour la baiser, parce que c'est comme ça que parfois elle aime faire l'amour. Elle veut sentir la passion exploser, elle veut que je lui tire les cheveux, que je la prenne avec force, que je la dévore. Elle ne me l'a jamais dit, mais je le sais. Je le sens.

Après quelque temps ensemble, c'est difficile de ressentir le même désir qu'au début. Ce n'est pas qu'elle ne me plaise plus, je la trouve toujours aussi attirante et j'ai envie de faire l'amour avec elle, et aussi de la baiser, mais quelque chose s'en est allé à mesure que grandissait la familiarité, la confiance, l'intimité. Un peu de mystère s'est évanoui.

Le désir naît toujours d'un manque, d'une absence. De quelque chose que l'on n'a pas et que l'on voudrait avoir. Si une absence devient présence, le désir disparaît. On peut encore *vouloir* ce que l'on a, on peut *aimer*, mais ce n'est plus possible de *désirer*.

Notre vie sexuelle au cours de ces mois avait connu une chute en quantité et en qualité. Ce n'était pas qu'une question de désir, seulement on ne faisait plus l'amour quand on le voulait, mais quand on le pouvait, quand on en avait l'occasion.

Le matin, Leo nous réveillait, l'un de nous devait aller le prendre dans son lit – où il dormait maintenant seul – et alors, soit on le mettait dans notre lit avec nous, soit dans la cuisine pour préparer le petit déjeuner. La journée, j'étais absent, quand je rentrais le soir il y avait toujours mille choses à faire et, quand nous allions nous coucher, nous étions épuisés.

Ces derniers temps, nous avions fait l'amour pendant que Leo dormait ou qu'il était absorbé par ses jeux. C'était une sexualité dérobée qui me plaisait énormément, j'avais l'impression d'être revenu à l'époque où je baisais dans les toilettes du bureau avec une collègue, avec la crainte d'être surpris, ou chez quelqu'un pendant une fête. L'idée que nous étions clandestins m'excitait.

Un jour, Leo dormait, je venais de finir de prendre ma douche et Sofia était en train de se mettre de la crème devant son miroir. La situation paraissait idéale. *C'est maintenant ou jamais*, m'étais-je dit. Je l'avais prise par-derrière, elle ne s'y attendait pas, et je crois que cela avait joué en ma faveur, le sexe à l'improviste est toujours bon.

J'adore faire l'amour dans cette position, prendre ses hanches ou ses cheveux, l'observer dans le miroir, surtout quand elle tourne légèrement son visage et qu'elle commence à se mordre une épaule pour retenir ses cris.

Au bout de quelques minutes, Leo avait commencé à pleurer. Il m'arrive de penser que ce n'est pas une coïncidence, et que, d'une façon ou d'une autre, il le sent. Même quand il n'avait que quelques semaines, il se réveillait et se plaignait systématiquement quelques minutes à peine après que nous avions ne serait-ce qu'émis l'idée de faire l'amour, comme si le corps de Sofia et le sien étaient profondément connectés.

Sofia et moi nous étions interrogés du regard dans le miroir. Que faire ? Nous avions attendu, dans l'espoir qu'il s'arrête, mais il avait pleuré de plus belle et elle était allée le voir, me laissant en plan, nu et excité.

Dans ce genre de situation, je ne savais comment réagir : me satisfaire tout seul, laisser tomber ou attendre son retour.

D'habitude, j'attendais quelques minutes au cas où elle aurait réussi à le rendormir et où elle reviendrait. Une fois, je m'étais masturbé et elle était revenue. « Je suis désolé » avais-je dit en désignant ma partie inférieure dans un état de repos absolu. Elle en avait été très déçue, comme quand on pense toute la journée à un morceau de gâteau qu'on a dans le frigo et qu'on découvre que quelqu'un l'a déjà mangé.

Notre vie sexuelle à cette période faisait l'impasse sur les préliminaires. J'en étais navré, je m'y étais toujours beaucoup dédié depuis que j'étais jeune homme, ces jeux sexuels m'insufflaient de l'énergie.

Et puis, à force d'y renoncer, j'avais commencé à sauter les préliminaires même quand je me masturbais.

Si je le faisais en regardant une vidéo porno, j'en cherchais une qui ne dure pas plus de cinq minutes, et je n'arrivais même pas au bout. Je visionnais le début, et s'il n'y avait pas de positions intéressantes, j'allais directement à la fin, quand l'actrice était déjà à genoux et que l'acteur s'apprêtait à jouir sur son visage.

Parfois, nous ne faisions pas l'amour parce que l'un des deux n'en avait pas envie, et c'était vraiment du gâchis, je me disais que nous devrions le faire malgré tout, même à contrecœur.

Si elle refusait, cela me décevait mais je n'en faisais pas un problème, si c'est moi qui refusais, elle commençait à penser qu'elle ne me plaisait plus.

C'étaient des périodes qui pouvaient durer plusieurs semaines, puis tout à coup le désir resurgissait et c'est l'autre qui n'avait plus envie : « Quand j'ai envie, tu me dis toujours non, et maintenant que c'est toi qui veux, je devrais être d'accord ? Débrouille-toi. »

Il arrivait que faire l'amour avec elle soit la chose que je désire le moins au monde, et puis un beau jour, soudainement, je sentais son odeur ou je la regardais faire quelque chose dans la maison et l'envie me submergeait. Elle m'excitait comme aucune autre femme.

Un jour, nous avions fait l'amour et je n'étais pas très en forme. Il m'arrivait de ne pas être très viril.

C'est plus difficile de mentir pour un homme, l'érection est un détecteur de mensonge. Et je ne parle pas seulement d'avoir une érection, mais aussi de la maintenir. Il arrive qu'après un bon départ plein d'enthousiasme et de joie, tout retombe.

Une femme peut faire semblant, du désir initial jusqu'à l'orgasme final. Il arrive qu'on s'aperçoive qu'elle n'a pas envie, non parce qu'elle ne dit rien, mais parce qu'elle en fait trop, elle soupire de façon exagérée. Elle veut te faire croire qu'elle a très envie de toi, en réalité c'est pour que tu jouisses plus vite. Comme le dit toujours Mauro : « Mieux vaut une baise muette qu'une baise mal jouée. »

Nous avions fait l'amour, et cela avait été une de ces fois où j'avais pressé mon pubis contre son clitoris. À la fin, j'avais compris qu'elle aurait voulu dire quelque chose, mais nous avions fait comme si de rien n'était.

Le lendemain, alors que nous étions sur le canapé à regarder un film, elle m'avait demandé :

— Tu trouves que je suis une femme attirante ?

La question devait lui trotter dans la tête depuis des jours. Mon manque de virilité de la veille avait engendré une insécurité chez elle.

— Bien sûr que tu es attirante.

Je savais que ma réponse était insuffisante.

— Si nous nous rencontrions aujourd'hui pour la première fois, si tu me croisais dans la rue maintenant, tu tenterais encore de me séduire ?

— Bien sûr que j'essaierais !

Je m'efforçais de donner des réponses claires et surtout sans la moindre hésitation. Une seule seconde de silence pourrait me faire perdre toute crédibilité.

— Quand nous faisons l'amour, je ne te sens plus si présent.

— Je suis fatigué et j'ai beaucoup de soucis au travail. Et puis je vieillis, avais-je ajouté pour dédramatiser.

Il m'arrivait de penser que si j'avais fait l'amour avec une autre femme, ma virilité serait revenue, mais je ne pouvais pas le lui dire. Je ne pouvais pas être entièrement sincère.

Peut-être qu'une autre femme aurait fait renaître le mystère, la nouveauté qui entre nous ne pouvaient plus exister. Peut-être avec une inconnue me serais-je senti plus libre, me serais-je laissé aller plus facilement et aurais-je mieux fait l'amour ? Bien sûr, pas le soir, j'aurais été trop fatigué. Je pensais plutôt à une belle partie de baise en début d'après-midi.

16

Certains matins, nous ne nous parlions même pas, comme si nous étions fâchés l'un contre l'autre ; en réalité, nous n'en avions pas la force, celle qui nous restait suffisait à peine à aller de l'avant, à accepter notre nouveau style de vie, à recalculer notre itinéraire pour ne pas nous prendre un mur.

Un jour, alors que je prenais mon café assis face à Sofia, je repensais à notre vie d'avant, aux petits déjeuners, aux discussions qui nous mettaient en retard pour le travail. Nous étions alors pleins d'énergie, d'attentions, nos mains se cherchaient en permanence.

Une fois, peu de temps après que nous nous étions installés ensemble, tandis qu'elle me regardait, je lui ai demandé :

— Qu'y a-t-il ?

— Je viens de me rendre compte que je suis heureuse.

Maintenant c'est moi qui la regardais, et elle, tournée vers Leo, ne s'en apercevait même pas.

Une mèche de ses cheveux tombait sur son visage. J'ai toujours aimé la lui remettre derrière l'oreille, c'était pour moi un geste tellement intime ! Je me suis demandé depuis combien de temps je ne l'avais pas fait, et pourquoi j'avais arrêté.

À quel moment nous sommes-nous perdus ? me suis-je demandé.

Notre vie était devenue une insatisfaction permanente, une frustration quotidienne. J'avais envie de choses que je ne pouvais pas faire. Je voulais faire des choses, mais je devais en faire d'autres. J'avais le sentiment d'être redevenu un jeune garçon qui voudrait aller partout mais n'a pas encore son permis. Comme autrefois, ma vie était alors organisée en fonction des besoins et des désirs d'autres que moi. J'ai commencé à me reprocher d'avoir mal employé ma liberté passée, comme si je comprenais beaucoup de choses maintenant qu'il était trop tard.

Si j'avais pu revenir en arrière, j'aurais voyagé davantage, je serais sorti plus souvent, je serais allé à toutes les fêtes et, surtout, j'aurais baisé plus souvent, même des femmes moches. J'aurais tout fait afin de me sentir consumé et fatigué. Mais la réalité était que je devais accepter la sensation d'avoir perdu du temps.

Un vendredi soir, j'ai proposé à Sofia de rapporter des sushis pour le dîner.

— Je passe les chercher.

— D'accord, excellente idée !

Je me suis rendu dans un restaurant japonais non loin de mon bureau. J'ai passé notre commande, pris une bière et me suis assis sur le trottoir en attendant.

C'était une zone piétonne truffée de bistrots.

Face au restaurant, il y avait justement un bar très en vogue. Une joyeuse agitation y régnait, les clients allaient et venaient, remplissaient des petites assiettes tout en tenant des verres de bière, des cocktails, du vin, du prosecco. Ils discutaient, des sourires illuminaient leurs visages, ils riaient, se donnaient l'accolade. J'ai remarqué une fille, debout au milieu d'un groupe, elle portait un jean et un décolleté, elle avait de longs cheveux raides et de hauts talons. Elle s'est tournée pour dire bonjour à un garçon et j'ai pu voir que son haut était ouvert dans le dos, dévoilant sa colonne. Elle avait l'air très belle. Ma curiosité était piquée, je voulais savoir comment elle était. Sans même réfléchir, j'ai traversé la rue, me suis approché de la vitre et l'ai regardée. Il y avait d'autres filles, mais tout le bar pouvait bien s'écrouler, elle seule m'intéressait. Elle était magnifique. Je n'avais plus éprouvé de désir pour une femme rien qu'en la regardant depuis des mois. J'ai pensé à ce que j'aurais fait quelques années auparavant dans une telle situation. Je n'aurais pas hésité un seul instant : je serais entré et me serais dirigé droit sur elle pour lui parler, avec la certitude qu'elle serait bientôt mienne.

Quand j'étais adolescent, un garçon plus âgé m'avait appris que le secret d'une approche est de s'adresser à une fille comme si elle était déjà à toi, sans laisser transparaître la moindre incertitude. J'ai toujours agi de cette façon, même si cela n'a pas toujours fonctionné. Elle a dû se sentir observée car elle s'est retournée et m'a regardé. Avec une expression qui m'a ramené à la réalité. J'ai été envahi d'un sentiment de honte, car son regard me désignait comme une sorte de maniaque. J'ai esquissé un demi-sourire et je suis parti.

J'ai retiré ma commande et, en sortant, je n'ai même pas jeté un œil en direction du bar.

Pendant que Sofia rangeait les jouets éparpillés dans le salon, je me suis occupé de mettre Leo au lit.

Il portait son pyjama avec des petits avions, mon préféré, ses cheveux étaient coiffés et il sentait bon, comme toujours après son bain. Il m'a dévisagé. Ensuite il s'est tourné dans sa position favorite et s'est endormi. Je me suis remis à penser à la fille du bar, elle trottait encore dans ma tête.

Tout le monde m'avait dit qu'avoir une famille, un enfant, c'était là, la véritable richesse. Tous ces gens dans les bars, tous ces quadragénaires encore en quête, encore en piste, étaient malheureux, ils feignaient d'être joyeux mais, en réalité, ils sortaient pour mieux dissimuler un profond sentiment de solitude.

Ils étaient incapables de s'engager, de prendre des risques. Ils enviaient les gens comme moi, courageux pour de vrai. La vraie richesse était dans une vie comme la mienne.

Voilà ce que m'auraient dit certaines personnes que je connaissais, et pourtant, moi, j'étais incapable de la voir, toute cette richesse. Je regardais mon fils avec ses avions sur son pyjama et j'enviais les personnes que j'avais vues quelques heures plus tôt, je ne voyais que ce que je ne pouvais pas avoir, ce que je ne pouvais pas faire.

Comme je tardais à revenir, Sofia est entrée dans la chambre.

— Tout va bien ? a-t-elle murmuré.

— Oui, j'arrive, il ne s'endormait pas.

Pauvre Leo, qui ignorait que j'étais en train de l'utiliser pour mes propres histoires.

Nous avons mangé les sushis puis regardé un épisode de *Shameless*.

Tandis que nous nous lavions les dents dans la salle de bains, Sofia m'a dit :

— Demain, tu veux bien m'accompagner à Ikea ? Nous avons besoin de certaines choses.

Quand elle me l'a demandé, je lui tournais le dos et j'ai levé les yeux au ciel comme si elle m'y avait planté un couteau. J'aurais pu refuser mais, je ne sais pourquoi, j'ai accepté.

Allongé sur le lit, je regardais le plafond. Tout ce que je parvenais à voir, c'était elle, la fille du bar. J'ai commencé à imaginer ce qui aurait pu se passer si j'étais allé lui parler. D'abord la convaincre de sortir du bistrot, pour ne pas perdre plus de temps dans cette marée humaine ; nous avions déjà réalisé la meilleure pêche possible. J'ai projeté notre soirée là, sur le plafond, je la voyais bien, elle était toute proche. Nous étions chez elle. Elle était étendue, nue sur son lit, je voyais ses jambes douces et souples. Alors que j'allais m'allonger sur elle, elle m'a dit : « Attends », et elle s'est retournée sur le ventre : « Prends-moi par-derrière. »

À ce moment précis, Leo a commencé à pleurer, et cela a suffi pour que tout disparaisse.

— Je vais voir, a dit Sofia.

— Merci.

Le lendemain, vers 11 heures, nous étions en voiture. Leo était réveillé depuis 6 heures du matin, je n'en pouvais plus. À peine avais-je posé le pied à Ikea que je me disais qu'il fallait que j'apprenne à dire non, à mieux préserver mon espace.

Quand je fais quelque chose dont je n'ai pas envie, je garde le silence.

Un homme, un vrai, ne se serait pas retrouvé dans cette situation. Mon père n'aurait jamais accompagné ma mère à Ikea, elle y serait allée avec une amie, avec ma grand-mère ou avec sa sœur. Elle ne le lui aurait même pas demandé. C'était une affaire de femmes, pas d'hommes. Comment se fait-il que je n'aie pas été capable de le faire comprendre tout de suite à Sofia lorsque nous nous sommes rencontrés ? Parce que au début j'aimais ça, voilà pourquoi, j'étais content d'aller à Ikea avec elle, ça me faisait plaisir de déambuler et d'imaginer un avenir plein de bougies avec elle, de serviettes de table, de poêles colorées. Je prenais une tasse couleur pastel et, dans cette tasse, je projetais le film de nos futurs petits déjeuners.

J'étais en train de ruminer à propos de ma condition lorsque, au moment de descendre les escaliers vers les casseroles, assiettes et autres égouttoirs, deux personnes me sont revenues à l'esprit : la première était la fille au dos nu de la veille, je me demandais si elle avait fini la soirée accompagnée, si elle avait couché chez lui, et si, pendant que j'étais à Ikea, elle était en train de se rhabiller pour rentrer chez elle. Et lui, l'aura-t-il baisée comme il faut ? A-t-elle été satisfaite ? Moi, en tout cas, j'y aurais mis tout mon cœur.

La deuxième personne était Mick Jagger : Mick Jagger ne va pas à Ikea avec sa femme. Il ne va pas là où il ne veut pas aller. Nom de nom, on ne se permet même pas de le lui demander. Il va où il veut et quand il veut.

J'ai fait un bruit avec ma gorge comme pour dire : *Bien dit !*

Sofia m'a regardé et m'a demandé avec qui j'étais en train de discuter dans ma tête. Elle savait que, de temps en temps, se jouaient en moi des disputes et de longues conversations.

— Avec personne.

J'ai continué à peu parler, émettant seulement un « oui » ou un « non » en fonction des objets qu'elle me présentait.

Dans le secteur des tapis, j'ai croisé le regard d'un homme à peine plus âgé que moi, et j'ai reconnu la même inquiétude qui sourdait en moi. Nous nous sommes adressé un demi-sourire et un petit signe de la tête.

Je me sentais si proche de lui que j'aurais aimé aller boire tout de suite une bière avec lui.

Quand nous sommes montés en voiture, Sofia ne supportait plus mon comportement puéril. Comment ne pas lui donner raison ?

— Si tu fais cette tête la prochaine fois, il vaut mieux que tu restes à la maison.

— Tu me le dis chaque fois, mais tu continues à me demander de t'accompagner.

— La prochaine fois, je ne te le demanderai pas, mais tu pouvais aussi répondre non. Je ne pensais pas que passer du temps avec moi serait une telle punition.

Je n'ai rien rétorqué, je n'avais pas envie de discuter, et en voiture, je ne pouvais pas me lever et me réfugier dans la salle de bains ou changer de pièce. Parfois, j'ai envie d'ouvrir la portière et de sauter en roulant comme un cascadeur au cinéma. *Pfiuuu !* Je disparaîtrais comme par enchantement. Quelle belle scène cela donnerait !

Pendant que je conduisais, je me disais que Sofia savait que je n'allais pas avec plaisir à Ikea, mais elle me le demandait quand même car au fond, quand on est ensemble, on aime bien aussi se faire souffrir un petit peu.

— Et puis qu'y a-t-il de si douloureux à aller à Ikea ? Les choses que j'ai achetées pour la maison te servent aussi à toi, nous ne sommes pas venus uniquement pour moi. On s'en sert tous. Je ne vis pas seule.

C'est alors que j'ai laissé échapper un « Si seulement tu vivais seule ».

Ma repartie venait d'amener la discussion à un autre niveau, ce n'était plus simplement une prise de bec idiote.

— Mais tu es fâché ou quoi ? m'a-t-elle demandé d'un air surpris.

J'ai compris que j'étais allé trop loin.

— Je plaisante, je ne suis pas fâché.

— Qu'est-ce qui te pèse tellement ?

Et de nouveau je me suis trompé de réponse, je m'en suis rendu compte au moment où je finissais ma phrase.

— Je suis sûr que Mick Jagger ne va pas à Ikea avec sa femme.

Trop tard, je ne pouvais plus revenir en arrière, je fixais la route droit devant et je sentais son regard sur moi. Même sans la voir, je savais quelle expression affichait son visage, celle qu'elle fait toujours quand je sors une phrase complètement hors de propos.

— Mick Jagger ? Qu'est-ce qu'il vient faire là-dedans ?

— Ça m'est venu comme ça.

172

Il y a eu un moment de silence, puis Sofia s'est mise à rire, ça a été magnifique. Je me sentais débusqué dans ma stupidité et je cherchais à tenir le cap, mais elle continuait à rire. Je me suis écroulé et j'ai ri avec elle. Le rire s'est transformé en fou rire, si bien qu'elle en avait les larmes aux yeux.

En arrivant à la maison, nous en riions encore.

Tout à coup, j'avais retrouvé la femme que j'aimais et avec laquelle je voulais passer ma vie sans l'ombre d'un doute. Quand Sofia est comme ça, elle est unique. Je voudrais qu'elle soit toujours sexy, ironique, drôle, prenant tout avec légèreté, et capable de transformer mon humeur en un instant.

— Je vais coucher Leo, toi, allonge-toi sur le canapé.

Mais Leo ne voulait pas dormir. Quand il était comme ça, je le prenais et l'emmenais dans notre lit. Il se pelotonnait contre moi et sombrait dans le sommeil. Mais quand on utilise cette technique, sortir du lit sans qu'il se réveille est une gageure. Tout doit être accompli de façon très lente, et pour s'extirper du lit, il faut rouler sur soi-même à la manière d'un marine.

Avant de le laisser seul, il faut l'entourer de coussins pour qu'il ne tombe pas. Cela est arrivé une fois, mais Sofia ne le sait pas. Et elle ne le saura jamais.

Après avoir effectué toute ma manœuvre, je l'ai rejointe sur le canapé. Elle était en train de lire un article de mode sur son ordinateur, je l'observais avec attention.

J'avais envie de lui demander : « Mais pourquoi n'es-tu pas toujours comme ça ? Si tu étais toujours comme ça, je n'aurais besoin de rien d'autre. »

Pendant que je pensais, elle m'a regardé, nous nous sommes souri et je l'ai embrassée.

173

Je l'ai serrée contre moi, nous avons fait l'amour de façon rapide et intense.

Ensuite, Sofia est allée prendre une douche, je me suis rhabillé et suis allé voir Leo. Il était tranquille. Je me suis allongé et suis resté au lit à regarder le plafond. La fille de la veille avait disparu.

Plus tard, pendant le dîner, Sofia m'a demandé si j'aimais le risotto qu'elle avait cuisiné.

— Il est délicieux.

— Je peux te dire que ton pote Mick Jagger ne sait même pas ce que c'est qu'un risotto !

17

À part ces quelques petits épisodes de bonheur, notre situation ne semblait pas s'améliorer, au contraire, le poids de la fatigue étant de plus en plus écrasant. Nous perdions patience et la mauvaise humeur s'installait facilement. Un rien la faisait naître.

Quand on vit avec quelqu'un, il y a des jours où sa présence nous pèse. Pas besoin qu'il ou elle ait fait quelque chose, le seul fait de l'avoir sous les yeux nous agace. Et il semblerait que tout ce qui ne va pas dans notre vie soit de la faute de l'autre ; un mot de trop ou un geste maladroit suffisent à déclencher une dispute.

Un matin, alors que j'attendais que le café soit prêt, j'ai branché mon téléphone pour qu'il se recharge. Quelques minutes plus tard, Sofia est entrée dans la cuisine, l'a débranché et a mis le sien.

— Je viens juste de le mettre.

— Il est presque entièrement chargé.

— Branche le tien dans la chambre.

Sans rien dire, elle l'a débranché et a replacé le mien. En voiture, en allant au travail, je me suis senti vraiment idiot. Quelque chose en moi avait changé et me faisait devenir une personne mesquine.

Leo commençait à vouloir être dans nos bras en permanence, il n'aimait pas être seul. Le soir, il restait éveillé plus longtemps et Sofia et moi n'avions même plus un moment pour nous.

Les amis prenaient de moins en moins de nouvelles de nous et ils avaient bien raison ; les gens n'ont pas envie d'entendre nos plaintes. Maintenant, c'était le monde qui avait accroché l'écriteau NE PAS DÉRANGER. On sait que le monde est là, dehors, mais on fait comme s'il n'existait pas.

Quand le printemps est arrivé, nous avons même essayé de partir en week-end, pour échapper à la sensation d'être bloqués et ne pas laisser Leo gouverner toutes nos décisions.

Mais cela n'a pas été de tout repos, rien que pour quitter l'appartement et charger la voiture, ça nous a pris la moitié de la matinée. La voiture était tellement pleine que je ne voyais plus rien dans le rétroviseur intérieur. On aurait dit un déménagement et non un départ en week-end.

Pendant le voyage, il a fallu s'arrêter mille fois, pour changer Leo, pour lui donner à manger, pour prendre des choses dans le coffre. Ç'a été un week-end stressant et épuisant. Quand nous sommes rentrés à la maison, j'étais vidé.

Leo faisait des progrès, il parvenait maintenant à se tenir assis, ce qui nous semblait une victoire olympique. Nous l'installions sur son tapis, entouré de coussins. Il riait.

Puis est venu le moment des premières dents. Je peux imaginer la douleur provoquée par une dent qui doit percer une gencive pour sortir, si j'étais à sa place, je pleurerais et me plaindrais bien plus.

En plus de la douleur, je crois qu'il était aussi gêné, il devait ressentir une sorte de fourmillement permanent parce qu'il portait à sa bouche tous les objets qu'il trouvait pour les ronger. Cette activité provoquait chez lui un rhume presque continu et son nez coulait en permanence.

Sofia prenait une serviette, l'enroulait, la trempait dans l'eau et la mettait au congélateur. Quand elle était glacée, elle la donnait à Leo pour qu'il la mâchonne et, en effet, le froid calmait un peu la douleur.

Ça faisait de la peine de le voir, assis par terre, mordiller tout ce qui lui tombait sous la main.

Quand la période des dents est passée, nous avons décidé de lui apprendre à ne plus se réveiller la nuit pour téter. Ce n'était plus de la faim, mais une habitude, il prenait le sein quelques secondes puis se rendormait.

Nous avons suivi le conseil de Lucia, la femme de Sergio. Si la nuit Leo se réveillait pour avoir du lait, il fallait lui donner un biberon avec de l'eau. Les premières fois il allait se plaindre mais, par la suite, il ne réclamerait plus. Cela me paraissait une excellente idée, jusqu'à ce que Lucia ajoute : « C'est encore mieux si c'est le père qui s'en charge, et non la mère. L'enfant comprend plus vite qu'il n'aura pas de lait. »

Cela ne me réjouissait pas d'entendre que c'était mon tour, mais désormais je n'essayais même plus d'éviter les obligations. Il fallait le faire, un point c'est tout. J'allais l'habituer à faire ses nuits et nous allions tous y gagner.

Il a fallu une semaine, il se réveillait environ quatre à cinq fois par nuit.

Quand je l'entendais, je me levais et j'allais vers lui comme un zombie. J'étais tellement endormi que, dans le couloir, je devais prendre appui sur les murs. Je n'allumais pas la lumière pour ne pas trop le réveiller, je plongeais une main dans le lit et cherchais sa tête, repérais sa bouche et y mettais la tétine du biberon, mais il la refusait. J'insistais et, au bout de quelques minutes qui semblaient une éternité, il se rendormait. Je pouvais alors retourner me coucher.

Quand nous avions choisi cet appartement, le parquet de sa chambre nous avait beaucoup plu, car il composait une atmosphère chaude, accueillante et romantique. Mais le parquet, ça grince. Je faisais trois pas, j'étais déjà presque sorti, quand le bois émettait un léger *cric* qui réveillait Leo. Une véritable punition. Au fil des mois, j'avais appris à quels endroits il grinçait le moins, j'étais devenu un expert en la matière. Il y avait un point particulièrement critique juste à côté de la porte, à un pas de la liberté. Parfois, pour l'éviter, il me fallait faire une immense enjambée. La porte aussi grinçait, il fallait faire attention en la refermant.

Pour lui, ces petits bruits devaient être comme un train qui freine à grande vitesse. Ou alors, comme je l'ai entendu dire, il y a des comportements sélectionnés par l'évolution pour la sauvegarde de l'espèce : une petite branche qui craque sous le pas d'un animal féroce à l'approche met plus en alerte qu'un coup de tonnerre ou l'explosion d'un volcan à plusieurs kilomètres de distance. Il est même arrivé qu'une fois Leo se réveille parce que mon genou avait craqué.

Quand je parvenais à quitter sa chambre et à rejoindre mon lit, je n'arrivais pas toujours à me rendormir tout de suite. Cela pouvait me prendre une heure, et Leo semblait avoir passé tout ce temps à m'attendre parce qu'il recommençait à pleurer et je devais me lever à nouveau. La deuxième nuit, j'étais déjà bon pour le rebut, comme une vieille serpillière.

Interrompre son sommeil quatre, cinq fois par nuit, c'était une véritable torture. Un petit Guantánamo à domicile.

Une nuit, alors que je sortais de sa chambre, mon pied a heurté la commode. En plus de la douleur, Leo s'est bien sûr réveillé. J'avais les nerfs en pelote. J'étais fatigué et souffrant.

Quand le réveil sonnait l'heure de me lever pour partir au travail, j'avais l'impression que c'était une mauvaise plaisanterie. Il était impossible que la nuit entière se soit déjà écoulée, je ne pouvais y croire. Il me semblait que je venais seulement de m'endormir.

J'étais très irritable ces jours-là, je mourais d'envie de passer mes nerfs sur quelqu'un, de détester n'importe qui.

J'enviais des gens qu'avant je ne remarquais même pas, seulement parce qu'ils me semblaient plus libres que moi. J'allais boire un café au bistrot en bas de mon bureau, dont le barman, suite à un accident de moto, boitait et arborait une vilaine cicatrice sur le visage. Un matin, je me suis même dit que j'aimerais encore mieux changer ma vie contre la sienne, que j'y serais plus heureux.

Je ne l'ai jamais dit à personne, mais lorsque Leo a eu environ huit mois, j'ai pensé à tout plaquer et m'en aller. Renoncer.

Non pas que je n'aimais plus Sofia, mais cela n'en valait plus la peine, ou alors peut-être ne l'aimais-je plus, c'était difficile à savoir. Les sacrifices, les renoncements, la fatigue et l'effort ne me laissaient plus le temps de l'aimer, ni celui de jouir de ce que j'avais. Les relations sont toujours en perpétuelle évolution, des événements nouveaux surviennent, d'autres sont effacés. Et si les choses qui arrivent ne sont que privations, manques et problèmes, on peut ressentir l'envie de tout abandonner.

Je me disais que je n'étais pas fait pour ce genre de vie, j'avais essayé, j'y avais cru, mais je m'étais trompé. Je ne trouverais jamais le bonheur, je n'allais pas être capable de le vivre à fond. Je m'efforçais de tout faire fonctionner, mais je comprenais que je n'étais pas fait pour ça. La vie d'avant était faite sur mesure pour moi. Pourquoi avais-je décidé de quitter ce monde pour celui-ci ? Qu'espérais-je y trouver ? Qu'est-ce qui me manquait ? Ma tête débordait de questions.

Je n'aurais pas abandonné Sofia et Leo, j'aurais continué à les soutenir économiquement, mais je devais sortir de cette situation.

Je me sentais coupable de ce que j'éprouvais.

J'étais en train de me persuader que nous nous étions trompés, qu'elle n'était pas la femme que je pensais. Nous avions vécu à l'intérieur d'une bulle de savon, et maintenant celle-ci avait explosé.

Mais je ne pouvais pas la quitter, pas dans un moment pareil. J'aurais pu le faire avant, quand nous n'avions pas encore d'enfant. Je commençais à penser que j'étais coincé et que je ne pouvais en vouloir à personne. Il était trop tard pour revenir en arrière.

J'aurais bien aimé que, tout à coup, elle tombe amoureuse d'un autre homme. Si c'était elle qui me quittait, je souffrirais, mais au moins un jour je retrouverais ma liberté.

J'étais en train de délirer. Un soir, je suis sorti avec Sergio que je voyais désormais plus souvent que Mauro : le fait qu'il ait femme et enfant nous rapprochait.

Je lui ai fait part de ce que j'éprouvais, mais pas de tout, car j'avais honte.

— N'as-tu jamais souhaité qu'elle tombe amoureuse d'un autre ? Qu'elle vienne te voir pour t'annoncer que tout est fini ? Et toi, au lieu d'être triste, tu te sens soulagé ?

— Si, presque tous les jours, mais hélas, personne ne voudra jamais d'une femme comme elle, il n'y avait qu'un imbécile comme moi... Je le lui dis tout le temps.

— Pourquoi les femmes changent-elles tant ?

— Et encore, tu n'es pas marié !

— Ça compte ?

— Je ne sais pas, je sais juste que deux jours avant le mariage, je me suis retrouvé au lit avec une mante religieuse.

— Elle voulait te manger la tête après avoir baisé ?

— Pire encore, elle voulait la manger pendant que nous baisions !

Nous nous sommes arrêtés devant un bar et, avant d'y entrer il m'a demandé :

— T'est-il déjà venu à l'idée qu'elle pouvait mourir ?

— Comment ça ?

Sa question m'avait surpris.

— Pas de ton fait, bien sûr, mais un accident, et tu te retrouves seul, ou plutôt libre.

— Non, je n'en suis pas encore arrivé là.

— Moi si, j'y ai pensé un jour. J'ai pensé que je souffrirais énormément, mais qu'ensuite je me relèverais, car je le devais à ma fille. J'ai commencé à penser que tout le monde serait gentil et attentionné envers moi. Même ceux qui d'ordinaire médisent de moi. Et les femmes ? Les femmes seraient tellement désolées de ma douleur profonde qu'elles voudraient la soulager d'une façon ou d'une autre. En baisant avec moi par exemple, ou mieux encore, en baisant avec moi et en me lavant mon linge.

Nous avons ri tous les deux, mais ce discours m'est souvent revenu à l'esprit. J'ai compris ce que voulait dire Sergio, et j'ai espéré ne jamais parvenir à ce stade.

Un soir, tandis que nous regardions un épisode de *The Walking Dead*, je me suis imaginé lui dire que je voulais m'en aller : « Comment se fait-il que, parmi toutes les personnes au monde, nous nous soyons trouvés toi et moi ? Pourquoi nous sommes-nous choisis, alors qu'à l'évidence je ne suis pas le genre d'homme dont tu rêvais et que tu n'es pas la femme que je désirais à mon côté ? Nous nous sommes trompés, maintenant nous sommes coincés et c'est compliqué de se séparer. Qu'est-ce qui nous est arrivé, Sofia ? »

Pendant que je réfléchissais aux propos que je voulais lui tenir, elle a interrompu mes pensées.

— J'ai envie de me couper les cheveux court comme les siens, qu'en penses-tu ? a-t-elle demandé en désignant l'actrice sur l'écran.

— Tu serais magnifique, ai-je dit, mais j'adore aussi quand tu as les cheveux longs.

— Je te plais encore, vraiment ? m'a-t-elle interrogé, surprise.

— Toujours.

Elle a souri, elle se demandait si je disais la vérité, et moi si je venais d'être d'une grande lâcheté ou, au contraire, responsable, mais surtout, m'étais-je adressé à elle ou à moi-même ?

Ces derniers temps, lorsque je remettais en question notre histoire, il m'arrivait de lui dire « je t'aime » plus souvent, comme si cela devait chasser les craintes et me convaincre moi-même.

Je me faisais peur, je sentais une sorte d'égoïsme en moi que je n'avais jamais encore éprouvé, provoqué comme par un instinct de survie.

Ce qui m'inquiétait le plus était de me sentir insensible au fait de la faire souffrir.

Si j'avais voulu la quitter, il m'aurait suffi d'attendre un peu, de garder patience, ce n'était pas encore le moment. Je faisais mes calculs, cherchais à quel moment mon geste serait le moins dommageable et dangereux pour Leo. Je m'imaginais en célibataire d'une cinquantaine d'années et j'essayais d'évaluer la vie des hommes de cet âge. Je me promettais de me maintenir en forme pour être un splendide cinquantenaire.

Ce qui m'a sauvé dans le moment le plus critique était de penser à Leo. C'est lui qui m'a fait rester ; pas l'amour pour Sofia, mais ma responsabilité de père. Et tout a fini par passer. Une force que je ne soupçonnais pas m'a fait demeurer auprès d'eux, même si elle avait le goût de la soumission plus que du choix. Comme si accepter cette vie était un passage nécessaire.

Et cela m'a empêché de cesser de les aimer, même au prix de renoncements. Mais je sais gré chaque jour à cette force mystérieuse qui m'a permis de rester. Sofia ne sait rien de tout cela.

Leo a fini par apprendre à ne plus se réveiller la nuit pour téter, mais il s'est mis à crier dans son sommeil, sans véritable motif. Il ne se réveillait même pas, il gémissait, peut-être faisait-il des cauchemars.

J'essayais de le calmer en mettant ma main sur son torse, je pouvais sentir son cœur battre la chamade. Parfois je le prenais dans mes bras et l'emmenais au lit avec nous.

Durant la nuit, il se mettait à l'horizontale entre elle et moi, presque toujours le visage tourné vers sa mère, et je me retrouvais avec ses pieds sur la tête. Il n'y avait pas d'espace, tout se superposait.

Avant l'arrivée de Leo, nous imaginions avoir au moins trois enfants. Nous n'en avons plus jamais parlé, c'était même inutile de le mentionner, mais il était clair pour nous deux que nous n'aurions pas tenu le coup. Nous aurions explosé. Leo nous avait fait comprendre que nous n'étions pas aussi forts que nous le pensions.

Je me souviens d'une fois, au bureau, après une nuit quasiment sans dormir, je n'arrivais pas à faire démarrer mon cerveau, il ne se connectait pas. J'avais pris un énième café, mais je continuais à me sentir fatigué, et j'avais eu une crise de tachycardie à cause de l'excès de caféine. Depuis ma fenêtre, je voyais l'hiver, le ciel sombre et le vent qui poussait la pluie contre les vitres. Une de ces journées où l'on voudrait rester au lit.

J'avais avisé le canapé à l'entrée des bureaux et rêvé de m'y écrouler pour sombrer dans un sommeil infini.

Ivre de fatigue, je m'étais levé et étais allé aux toilettes. J'avais fermé la porte, baissé le couvercle de la cuvette et m'étais assis. La tête appuyée contre le mur, je crois m'être endormi une dizaine de minutes, pas plus, mais si profondément que j'avais même rêvé. Je m'étais plus reposé au cours de ces dix minutes que durant toutes les nuits précédentes.

18

J'étais en train d'attendre Sergio pour un déjeuner rapide avant de repartir travailler. Devant le restaurant, quelqu'un avait garé sa voiture en double file, feux de détresse allumés. Les voitures réussissaient à passer, mais l'erreur qu'avait commise le propriétaire avait été de ne pas prévoir que dans cette rue circulaient aussi des bus.

Le conducteur du bus avait ouvert les portes et était descendu pour inspecter la voiture qui bloquait le passage. Une petite file s'était formée et l'on commençait déjà à donner du Klaxon.

Dans ce genre de situation, je me sens toujours du côté de celui qui s'est garé en double file et j'étais impatient de découvrir son visage.

— Encore un génie ! a remarqué Sergio en surgissant derrière moi.

— Il va se faire lapider à son retour.

— Il le mériterait bien. Certaines personnes ne comprennent pas bien l'usage des *warnings*.

Nous nous sommes assis à une table. Quand le serveur est arrivé, sans même avoir regardé le menu, Sergio lui a dit :

— Je suis au régime, je voudrais que vous m'apportiez des légumes à la vapeur ou grillés.

— Je suis désolé, nous n'en avons pas. Au mieux, j'ai des patates au four.

Sergio a réfléchi un instant et a répondu :

— Non, pas de patates, vous avez des lasagnes ?

— Dis donc, quelle détermination et quelle persévérance dans ton régime ! me suis-je moqué en souriant.

En s'adressant à nous deux, il s'est justifié :

— Vous m'êtes témoins, j'ai essayé, mais s'ils n'ont pas de légumes, que puis-je faire ? Aller en cuisine me les préparer moi-même ? Je prends des lasagnes, et je sauterai le dîner de ce soir. Vous me servirez une portion généreuse car je ne mangerai que cela.

— Deux lasagnes, j'en prends aussi, et du vin rouge.

Le serveur s'est éloigné, amusé.

— J'ai proposé à Mauro de passer, mais il ne pouvait pas, a dit Sergio en ouvrant un paquet de gressins.

— Je l'ai eu aussi ce matin au téléphone, il m'a gardé en ligne une demi-heure. Il était en forme, ai-je répondu en regardant autour de moi : tous les gens présents semblaient avoir une vie. Peut-être est-ce nous qui nous sommes trompés sur toute la ligne.

— Moi, c'est sûr, toi, je ne sais pas.

— Mauro est toujours joyeux, de bonne humeur, il n'a pas de soucis. Il n'a aucune obligation, il fait tout ce qu'il veut.

— Comment pourrait-il faire autrement ? Il ne va quand même pas se présenter triste et préoccupé, tu ne vois pas qu'il est esclave de lui-même, de son personnage ? Il est obligé d'être de bonne humeur. S'il ne l'est pas, c'est tout son petit théâtre qui s'écroule.

— Tu crois ?

— Il doit garder les gens à distance, il doit paraître détaché.

Peut-être Sergio avait-il raison.

— Il n'arrive pas à renoncer à son petit confort, et plus le temps passe, plus cela devient difficile. La semaine dernière, nous sommes allés au cinéma et il a voulu s'asseoir à la dernière rangée pour pouvoir continuer à envoyer des messages avec son portable.

— Tu sais que quand il voyage pour son travail, il emporte des taies d'oreillers de chez lui ? Il dit qu'avec celles des hôtels, il n'arrive pas à s'endormir.

Nous avons ri.

— Comment ça va avec Lucia ?

— Je ne sais pas, je n'y comprends plus rien, j'ai l'impression que tout est à sa place, sauf moi.

— Si ça peut te consoler, pour moi c'est pareil.

— Je ne suis même plus sûr de la connaître, il m'arrive de la regarder et qu'elle me semble une étrangère. Je me demande alors : *Mais qui est cette personne en face de moi ?*

— On en est tous là ? C'est dingue !

— Récemment, je pensais au fait qu'un jour, notre fille partira de la maison, j'ai fait un calcul approximatif et cela devrait avoir lieu dans une quinzaine d'années. Quand Lucia et moi nous retrouverons en tête à tête, aurons-nous encore quelque chose à nous dire ?

— Ce qui m'effraie n'est pas tant le futur, mais une sorte de regret pour certaines femmes avec lesquelles j'ai été. Peut-être aurais-je été plus heureux

189

avec certaines d'entre elles ? Si même avec Sofia on se prend la tête, j'aurais tout aussi bien pu rester avec les autres.

— Moi je n'ai pas souvenir d'une seule avec qui tu aurais pu vivre une vie meilleure, et je les ai pratiquement toutes rencontrées.

— Parfois, je me dis que je me suis trompé dans mon choix.

— On n'aime pas les gens par choix.

— Tu crois ?

— Parmi toutes tes ex, peut-être que Paola t'aimait vraiment.

— Je crois que c'est la femme qui m'a le plus aimé.

— Plus que Sofia ?

— Je crois, oui, mais Sofia m'a mieux aimé. En tout cas au début c'est sûr, maintenant c'est le bazar total.

— Toi, au moins, avant, tu as fait plein de choses, tu as voyagé, tu as eu des aventures, tu t'es amusé. Ceux qui, comme moi, se sont mariés très jeunes ont l'impression de ne pas avoir fait au moment opportun ce qu'il fallait faire, et ensuite c'est trop tard. Je t'assure que c'est très lourd à porter.

En cela, Sergio avait raison. Dans les moments difficiles, je repensais à tout ce que j'avais fait et cela me consolait un peu.

— Parfois je me dis que j'étais vraiment heureux quand j'étais seul, ai-je dit en remplissant mon verre et le sien.

Nous avons trinqué puis un long silence s'est installé.

Le serveur s'est approché avec les lasagnes, j'avais tellement faim que j'en avais l'eau à la bouche.

Malheureusement, il ne s'est pas arrêté à notre table et a poursuivi jusqu'au fond du restaurant.

Sergio a posé son verre et m'a dit :

— D'après moi, on se raconte tous qu'on était plus heureux avant, mais ce n'est pas vrai. Nous avons toujours été tels que nous sommes.

— Peut-être que tu as raison.

Nous avons changé de sujet et, au moment du café, j'ai repensé à Paola.

— La semaine dernière, j'ai rencontré le père de Paola. Tu te souviens de lui ?

— Bien sûr, je me rappelle ce barbecue chez lui à la campagne. Quand nous sommes partis, il était tellement ivre qu'il dormait dans le jardin. Qu'est-ce qu'il devient ?

— Il va bien. J'étais un peu gêné, je ne savais pas quelle réaction il aurait envers moi, vu que j'ai quitté sa fille. Tu sais, il est particulier, capable de déclencher une scène devant tout le monde, et nous étions dans une librairie du centre-ville.

— Qu'est-ce qu'il t'a dit ? « Je t'attends dehors » ?

— Il m'a serré dans ses bras comme un vieil ami. Il m'a demandé comment j'allais et m'a posé les questions habituelles, mais de façon très amicale. Il a fini par me dire : « Tu as bien fait de quitter ma fille, elle atteint des sommets de connerie. Je ne sais pas comment nous avons fait une fille pareille. Tant mieux pour toi si tu t'es fait la malle. »

Sergio a éclaté de rire :

— Incroyable ! Tu aurais dû rester avec Paola rien que pour lui, imagine les déjeuners dominicaux avec des beaux-parents comme ça !

— Sauf que je ne m'y attendais pas et je me suis fait avoir. Tu sais ce que je lui ai dit ?

— Que sa fille était un très bon coup ?

— Je lui ai dit : « On pourrait aller boire une bière un soir. » Il est resté silencieux quelques secondes, puis il m'a tapoté la joue : « N'exagérons pas, ma fille est une idiote, mais elle reste ma fille. Allez, salut Nicola, porte-toi bien. »

19

Il fallait que Sofia reprenne le travail au plus vite, être maman au foyer était en train de la rendre dingue, et par conséquent moi aussi.

Après l'été, elle avait étudié quelles possibilités s'offraient à elle et, pour le moment, le showroom semblait être l'unique option.

Un jour, alors que je donnais à manger à Leo, elle faisait les cent pas dans l'appartement comme un animal en cage.

— Parfois, je pense sincèrement que tu es convaincu qu'il y a dans cette maison une femme invisible qui s'occupe de tout laver et ranger.

J'ai compris qu'il valait mieux se taire et encaisser.

— Tu peux m'expliquer pourquoi, quand tu te déshabilles, tu sèmes tes fringues comme un Petit Poucet ? Tout à l'heure, dans la salle de bains, il y avait ton caleçon par terre près du panier, je voudrais comprendre ce que cela te coûterait de l'ouvrir et de le mettre dedans. J'ai l'impression d'avoir deux enfants à la maison.

Elle avait raison, je ne faisais pas attention. Quand j'habitais seul, il y avait un jour de la semaine où je ramassais tout, souvent lorsque quelqu'un devait venir.

C'étaient de vieilles habitudes, mais je comprenais qu'elles puissent être désagréables. Parfois, Sofia ne ramassait pas mes affaires exprès, pour voir combien de jours passeraient avant que je les range. Je ne les voyais même pas et, à la fin, c'était elle qui le faisait par exaspération.

— Tu as raison, excuse-moi, ai-je répondu.

Je sentais que cela ne suffisait pas, elle n'était pas du tout calmée, elle cherchait l'affrontement.

Leo quant à lui ne faisait pas preuve d'un grand appétit, à la deuxième bouchée qu'il a refusée, j'ai commencé à manger un peu de son dîner pour accélérer le processus. Quand j'ai compris qu'il n'allait pas manger davantage, j'ai terminé son assiette.

— Où sont les restes ?

— Je les ai mangés, il n'en voulait plus.

— Combien de fois je t'ai dit de ne pas manger ses plats ? Peut-être qu'il aura faim un peu plus tard. La maison est pleine de choses à manger, pourquoi faut-il que tu manges ses repas ?

J'ai compris que la seule porte de sortie était celle des toilettes. J'ai pris mon téléphone sans qu'elle me voie et je m'y suis enfermé. Assis sur le trône, j'ai ouvert mes fenêtres sur le monde : Facebook, Instagram, Pinterest, YouTube.

J'ai reçu un message : Quand tu auras fini ta pause, tu pourras revenir ? Leo doit aller se coucher.

Sofia était vraisemblablement perturbée par quelque chose de nouveau, son envie de se disputer avec moi semblait indépendante du travail ou de mon désordre, je sentais qu'il y avait quelque chose de plus.

Ces derniers temps, elle m'agressait pour provoquer en moi une réaction, comme pour voir si j'étais encore vivant. Le fait que je reste calme, que je dise seulement : « Excuse-moi, tu as raison » lui laissait penser que je m'en fichais complètement. Elle prenait ma tranquillité pour de l'indifférence.

Je parlais de moins en moins, aussi parce que, de toute façon, on finissait toujours par faire ce qu'elle voulait, elle. Un jour, elle m'a balancé : « Je croyais que tu étais différent des autres hommes, mais en fait pas du tout, tu es comme mon père, tu t'en fiches complètement de ta famille, tu ne penses qu'à ton travail, à tes amis, et de temps en temps à ton fils. Moi je suis devenue transparente.

— Tu dis ça alors que je ne fais plus rien de ma vie ! Je travaille et je rentre à la maison. Ce mois-ci, j'ai dû sortir deux ou trois fois. Qu'est-ce qu'il te faut de plus ?

— J'aimerais que tu sois plus présent, plus attentif, que tu participes davantage. J'ai parfois l'impression que tu en as assez d'être ici, que tu ne me supportes plus. Je sens bien que tu voudrais être ailleurs.

Je ne savais pas s'il valait mieux répondre ou laisser tomber.

J'ai tiré la chasse d'eau pour lui faire croire que j'avais réellement utilisé les toilettes. Sans la regarder, je suis allé directement prendre Leo en vue de le préparer pour la nuit. La soirée avait pris une mauvaise tournure, Leo ne se laissait pas faire, je n'arrivais pas à le changer, il donnait des coups de pied et hurlait.

— Je m'en occupe.

Sofia m'a pris l'enfant des mains. Personne ne m'avait jamais donné un tel sentiment d'être incapable. Mais même dans ses bras, Leo n'a cessé de crier et de se démener. Nous étions à égalité.

Je me suis assis sur le canapé pour regarder la télé. Elle a mis une heure à l'endormir.

Jusqu'alors, nous avions toujours été raisonnables dans nos affrontements. Nous nous en tenions au sujet de dispute sans aller chercher de vieilles histoires. Nous ne faisions pas la gueule, ne dépréciions pas l'autre ni ne le discréditions ni ne le ridiculisions. Pas de vengeances mesquines, ni de rancune.

En sortant de la chambre de Leo, Sofia s'est dirigée vers la cuisine et a entrepris de vider le lave-vaisselle de façon excessivement énergique.

— Je vais m'en occuper tout à l'heure.

Elle n'a rien répondu et a continué à ranger. Je l'ai rejointe pour l'aider.

— Laisse tomber, je m'en occupe toute seule.

J'ai perdu un peu de mon apparente tranquillité.

— Je peux savoir ce que je t'ai fait ?

— Tu n'arrives pas à trouver tout seul ?

Je l'ai regardée avec une profonde interrogation.

J'ai posé les couverts sur la table et elle m'a fixé droit dans les yeux.

— Dis-moi la vérité : si Leo n'était pas là, tu serais déjà parti.

Elle m'a pris au dépourvu.

— Mais qu'est-ce que tu dis ? Tu es complètement paranoïaque.

— Tu n'as pas les couilles d'être sincère.

Je suis resté muet.

— Peut-être n'en es-tu même pas capable, tu es toujours celui qui a couché avec cette fille en Grèce tout en jouant les romantiques avec moi.

C'étaient exactement les mots qu'il fallait pour me faire perdre définitivement patience.

— Encore cette histoire ? Ça suffit maintenant ! Tu sais ce que je pense ? Que tu me provoques dans l'espoir que je m'en aille pour de vrai, comme ça, c'est moi qui l'aurais décidé, mais en réalité c'est toi qui ne veux plus être ici. Tu peux me le dire, si c'est ça que tu veux.

— Tu n'es pas celui que je croyais.

— Toi non plus, je t'ai prise pour une autre.

Je savais que je l'avais blessée. Nous naviguions en eaux troubles, approchions du point de non-retour. Nous risquions de prononcer les mots qu'il ne faut pas dire, ceux dont on ne se remet pas. Nous venions à peine d'avouer que nous étions déçus mutuellement, que l'autre n'était pas la personne que nous croyions.

Le silence régnait dans la maison, je suis retourné sur le canapé, elle est restée dans la cuisine. Chacun de nous devait réfléchir à ce que nous venions de nous dire, remettre ses idées en place, comprendre.

Je me suis demandé ce qu'elle éprouvait.

J'ai pensé me lever, prendre ma veste et sortir, monter en voiture et conduire jusque là où finit le monde. Sans me retourner.

Puis je suis revenu à la réalité, je l'ai rejointe dans la cuisine. Tout à coup, c'était comme si j'avais eu peur de mes fantasmes, je ne voulais plus être bien ailleurs, je voulais être bien avec elle. J'ai ressenti le désir de la prendre dans mes bras, j'avais besoin d'un refuge, d'un lieu concret comme son corps auquel me raccrocher pour chasser ces pensées.

Je voulais avoir la certitude que nous étions encore là, que nous étions forts. Alors j'ai eu envie de faire l'amour.

Je me suis approché avec l'intention de la serrer dans mes bras, de la hisser sur la table et de la prendre là. J'ai saisi une de ses mains.

— Laisse-moi tranquille, ce n'est pas le moment, m'a-t-elle dit.

Puis elle a retiré sa main avant de sortir de la cuisine. Alors, je me suis senti vraiment seul.

20

Tandis que je rentrais du bureau, je repensais à la façon dont je m'étais comporté pendant la réunion de travail. Quand le chef avait demandé qui serait présent pour la foire de Berlin, sans même m'en apercevoir, j'avais levé la main.

— Nicola, je pensais que tu voulais rester chez toi pour être avec ton enfant.

Je l'avais pris comme une subtile provocation. Je ne voulais pas que mon fils soit un obstacle à mes affaires, et de plus, cela me semblait une excellente opportunité de changer d'air.

— Non, c'est une foire importante, j'irais bien volontiers.

Il s'agissait maintenant de l'annoncer à Sofia, mais pour l'instant, rien ne pressait.

Un message a interrompu mes pensées : Salut, j'ai su par mon père que vous vous étiez vus, il m'a dit qu'il t'avait trouvé en forme. Comment vas-tu ?

Cela faisait des années que je n'avais pas eu de nouvelles de Paola.

Je m'apprêtais à lui répondre, mais je me suis arrêté, il fallait que je réfléchisse à ce que j'allais écrire.

Son message avait l'air anodin, mais comme le disait Mauro : « Nous, nous croyons que ce sont de simples mots, mais derrière il y a tout un monde que nous ne voyons pas. »

J'ai préféré attendre.

Ce soir-là, Leo avait décidé de me rendre fou. Il aimait prendre son bain, mais détestait qu'on l'essuie. Une seconde après que je l'avais enveloppé dans sa serviette, il était déjà en train de filer à quatre pattes dans l'appartement, tout nu et encore mouillé. Je n'avais pas le temps de lui courir après, j'avais rendez-vous chez Mauro après le dîner.

Je l'ai attrapé de force, je l'ai mis sur la table à langer pour lui mettre sa couche et son pyjama.

Il se débattait et hurlait comme un dément et, sans même réaliser, j'ai crié :

— Ça suffit, tu arrêtes !

C'était la première fois que cela m'arrivait. Je m'étais toujours promis de ne jamais élever la voix contre lui.

Quand je l'ai posé au sol, j'ai aussi soupiré. Sofia dit que je soupire tout le temps, c'est un de mes comportements qui l'agacent. Moi je ne m'en rends même pas compte.

Je me suis tout de suite senti coupable, cela me faisait mal.

— Tu veux un coup de main ? m'a demandé Sofia en apparaissant dans la chambre.

— Non. Excuse-moi, j'ai élevé le ton.

— Ça m'arrive aussi.

Je n'ai jamais aimé perdre le contrôle, surtout pas devant elle. C'est un acte de faiblesse qui me fait souffrir.

— Vas-y, Nicola, je m'occupe de le coucher.

C'était gentil de sa part, mais coucher Leo était devenu un moment à nous. Une façon pour moi de lui faire sentir que je suis présent, de créer une relation intime.

Je le tenais dans mes bras, je le berçais, je chantais à voix basse. Quand je voyais qu'il se détendait et qu'il était prêt, je le déposais dans son petit lit.

C'était une opération délicate, je ne devais pas me précipiter, au risque de le réveiller.

D'ordinaire, il me fallait une demi-heure, ce soir-là, ça a pris quasiment le double.

Quand je suis arrivé chez Mauro, il était en train d'ouvrir une bouteille de rouge. Il m'a servi un verre et je l'ai bu d'un trait. Puis j'ai tendu le bras pour en avoir un autre.

— Tu as l'air en forme, m'a-t-il dit ironiquement.

— Merde alors, Leo m'a rendu fou.

J'ai pris la bouteille et nous nous sommes assis.

— Ça fait un mois qu'on ne s'est pas vus.

— À peu près.

— À part que ton fils ne te laisse pas sortir le soir, comment vas-tu ?

— Je me sens comme une prune dans une coquille de noix.

Mauro a souri.

— Je n'avais jamais entendu cette expression.

— Aujourd'hui, au bureau, je me suis proposé pour aller à la foire de Berlin, lui ai-je dit fièrement.

— Sofia est ravie ?

— Elle ne le sait pas encore.

— Je vois un orage à l'horizon.

— Je vais lui dire que je n'avais pas le choix. Je suis un salaud ?

— Tu as raison. La survie avant tout.

— Alors, pourquoi est-ce que je me sens coupable ?

Mauro a rigolé et a rempli un autre verre.

— Tu sais ce que Sofia m'a dit l'autre jour ? ai-je poursuivi.

— Quoi donc ?

— Que, dans le fond, j'aimerais être ailleurs, mais que je reste avec elle parce que nous avons un enfant.

— Et c'est vrai ?

— Je ne sais pas, je sais seulement qu'à la fin elle n'a pas voulu baiser.

Mauro s'est levé pour aller vers le réfrigérateur, il a bu une gorgée d'eau pétillante et, après avoir tenté de réprimer un rot, il a dit :

— C'est vrai que tu voudrais être ailleurs ?

— Ça m'arrive. Parfois je ne la supporte plus. Qu'est-ce qu'on s'est donc fait ?

— Vous vous êtes installés ensemble, a dit Mauro en riant.

— Je crois que tu as raison. Peut-être qu'il vaut mieux être seul.

— Tu sais à quoi je pensais l'autre jour ? Si je mourais chez moi, combien de temps faudrait-il pour que quelqu'un s'en aperçoive ? Si toi et Sergio m'appelez et que je ne vous réponds pas, vous ne vous alarmez pas, à la rigueur vous me rappelez le lendemain. Ma mère, pareil. Peut-être que ce seraient mes collègues qui s'inquiéteraient en premier.

— Tu as de belles réflexions, dis-moi. Tu n'as vraiment rien d'autre à penser, ai-je dit en me levant

et en prenant un morceau de chocolat sur la table.
Où l'as-tu acheté ? Il est délicieux.

— C'est mon frère qui me l'a apporté de Turin.
Si tu veux, il y en a encore, dans le placard à côté
du réfrigérateur.

Tandis que je cherchais le chocolat, le message de
Paola m'est revenu à l'esprit.

— Tu sais qui m'a contacté aujourd'hui ? Paola !

— Qu'est-ce qu'elle disait ? Elle veut te revoir ?
a-t-il demandé en riant.

— Elle voulait savoir comment j'allais. Qu'est-ce
que je fais, je lui réponds ?

— Ça dépend.

— J'ai peur qu'elle l'interprète mal.

— La question à se poser est pourquoi elle a ressenti le besoin de t'écrire.

— Il pourrait s'agir d'un message désintéressé et
spontané.

— Spontané ? C'est une femme, les femmes ne
sont pas comme tout le monde.

C'est une de ses répliques favorites, je la trouve
irrésistible. Il a continué :

— Moi, à ta place, je ne répondrais pas. C'est un
jeu dangereux. Surtout après ce que tu viens de me
raconter sur Sofia.

— Mais qu'est-ce qu'il est bon, ce chocolat ! ai-je
répété en regardant Mauro. C'est quoi dedans, les
trucs rouges ?

— Des baies de goji.

— De qui ?

— Ce sont des antioxydants naturels, qui aident
à lutter contre le vieillissement. Tu n'as pas remarqué
que j'ai l'air d'avoir vingt ans ?

— Ce que je ne comprends pas chez Sofia…, ai-je repris en levant les sourcils à sa remarque.

— Tu reviens là-dessus ? Je croyais qu'on avait épuisé le sujet !

— Tu as raison, je suis vraiment lourd.

J'ai pris mon verre et l'ai vidé d'un trait. J'avais envie de me soûler ; ces derniers temps, j'en avais souvent envie.

— Avant, je me sentais comme un héros à ses yeux, tout ce que je disais ou faisais lui plaisait, mais aujourd'hui on dirait que plus rien ne marche. Je suis passé de Superman à Clark Kent en quelques mois.

En rentrant, j'étais un peu éméché, j'ai commencé à me remémorer l'époque où je sortais avec Paola, notre long voyage en Thaïlande, et j'ai senti poindre une légère nostalgie. Les soirées dans la mansarde en écoutant Sade, la couleur ambrée de sa peau, ses petits seins pointus. J'étais envahi par des images de notre histoire. Ma vie avec elle semblait moins compliquée. Après tant d'années, j'étais flatté que Paola pense encore à moi.

J'avais le téléphone en main, ce n'était pas facile de trouver le ton et les mots justes. Je ne voulais pas paraître trop froid ou détaché, mais je ne voulais pas non plus lui laisser imaginer des choses étranges. J'ai effacé mes brouillons de messages et l'ai appelée directement.

Après quelques sonneries, elle m'a répondu, je n'avais pas entendu sa voix depuis des années.

— Tu n'as pas fait exprès d'appeler ?

J'ai ri.

— Si. En rentrant à la maison, je relisais ton message et je me suis dit que c'était plus simple de t'appeler. Comment vas-tu ?

— Bien, et toi ?

— Bien. Je reviens de chez Mauro et je me suis souvenu que je ne t'avais pas répondu.

— J'ai cru que mon message t'avait agacé.

— Mais non, tu rigoles ! J'étais content de voir ton père, toujours en forme.

— Qui pourrait l'abattre, celui-là ? L'autre jour, il disait qu'il voulait s'acheter une moto.

J'ai souri à cette idée.

— Parle-moi un peu de toi, tu es devenu papa il paraît, tu es content ? Allez, raconte !

— C'est magnifique, ai-je répondu de façon automatique.

— Comment s'appelle-t-il ?

— Leo.

Il y a eu un silence. Prononcer le nom de mon fils m'a fait l'effet d'un réveil après hypnose. Un immense sentiment de culpabilité m'a envahi. Je me suis senti mal à l'aise. J'ai tenté de couper court.

— Voilà, je t'ai appelée pour te faire un petit coucou et te remercier du message. Je dois raccrocher maintenant. Je suis arrivé.

— Ça m'a fait plaisir de t'entendre, salut, Nicola !

L'échange avec Paola avait fait disparaître toute la nostalgie de ce que nous avions vécu ensemble, il était clair qu'aujourd'hui nous étions des gens différents, à des années-lumière l'un de l'autre.

21

Quand Leo se réveillait très tôt et que nous étions trop fatigués pour nous lever, nous le portions dans notre lit et nous lui donnions mon smartphone avec des vidéos qui s'enchaînaient à faible volume afin de nous octroyer quelques minutes de sommeil en plus.

Nous nous étions toujours promis de ne pas le faire, mais nous avons fini par céder, surtout le samedi et le dimanche, jours où j'aurais pu dormir indéfiniment. Pour éviter qu'il envoie des messages ou appelle quelqu'un, je mettais l'appareil en mode « avion ». Les yeux fermés, nous écoutions le son de la vidéo, jusqu'à ce que Sofia emmène Leo dans la cuisine.

Peut-être que, pour son premier anniversaire, j'avais eu tout faux : j'aurais dû lui offrir un téléphone portable ou un iPad, et pas ce jeu de construction en bois avec lequel il ne jouait jamais.

Pendant la semaine, à peine se réveillait-il que j'allais m'occuper de lui, laissant Sofia se reposer un peu plus longtemps.

Je le changeais, préparais son petit déjeuner, lui donnais à manger.

Si je devais aller aux toilettes, je l'emmenais avec moi.

Je ne pouvais même pas être seul à cet endroit, il n'y avait plus un recoin de ma vie où je pouvais l'être.

Assis sur les toilettes, je lisais mes e-mails, les infos et parcourais les réseaux sociaux, tandis qu'il jouait avec le panier à linge sale ou avec quelque chose que je lançais dans la machine à laver. Il aimait bien ce jeu, il ouvrait le hublot et mettait sa tête dedans, en quête d'un trésor.

Dès lors qu'il avait commencé à marcher, les choses avaient changé. Par exemple, il était impossible de manger sans devoir se lever mille fois. Il touchait à tout ce qu'il ne fallait pas. Les objets fragiles et dangereux avaient été hissés sur les étagères supérieures.

Un soir, alors que je revenais à table après lui avoir retiré une paire de ciseaux des mains, Sofia m'a dit :

— J'ai eu Elisabetta au téléphone, elle viendra dimanche à Milan et j'irai déjeuner avec elle. Tu pourras t'occuper de Leo ?

— Bien sûr.

Chaque fois que Sofia me demandait si j'étais d'accord pour qu'elle sorte seule, je répondais toujours oui.

Le dimanche suivant, vers 11 heures, Elisabetta était chez nous.

— Tu es sûr que ça va aller ? m'a demandé Sofia en me mettant Leo dans les bras.

— Vas-y, amusez-vous bien.

— Souviens-toi de réchauffer son repas et de le changer avant de le coucher.

— Détends-toi et profite de ces quelques heures.

— Si, quand il se réveillera, je ne suis pas rentrée et qu'il a faim, tu peux lui donner une banane.

— Entendu.

Elle a terminé de se préparer et elles sont sorties. Sur le pas de la porte, j'ai dit à Elisabetta :

— Merci, ramène-la-moi ivre !

— Pas de problème.

Quand Leo a vu sa mère partir, il a éclaté en sanglots, mais cela n'a pas duré, le temps de fermer la porte et de l'amener sur le canapé.

J'avais l'intention de le mettre par terre avec ses jeux et de travailler sur mon ordinateur.

Mais il ne voulait pas jouer tout seul, alors je me suis assis avec lui.

De temps en temps, je m'ennuyais, je regardais mon smartphone ou des photos sur Instagram et cela me déprimait. Là-dehors se trouvait tout un monde de fêtes, de voyages, de rencontres, d'événements. Le samedi soir glorieux de toute une foule de gens défilait sous mes yeux.

Mais déjà, Leo réclamait mon attention. J'ai recommencé à jouer avec lui, j'ai pris le chat en peluche et je faisais comme s'il voulait le mordre, mais cela ne l'intéressait pas beaucoup. Il a toujours préféré les objets de la maison aux jouets. Alors je l'ai habillé et nous sommes allés faire les courses.

La rue qui menait au supermarché était pleine de choses qui l'intriguaient, il s'arrêtait tout le temps. Je me suis maudit de ne pas avoir emporté la poussette.

Alors je l'ai pris dans mes bras et il s'est mis à pleurer et à se débattre, il courbait le dos et se jetait en arrière.

Arrivé au supermarché, je devais faire les courses et veiller en même temps qu'il ne détruise pas tout.

À la caisse, il ne voulait pas me donner le paquet de café, alors je le lui ai pris des mains et il s'est mis à hurler comme si on lui avait arraché une oreille.

Pour le trajet du retour à la maison, il n'avait plus envie de marcher et voulait que je le porte, j'avais quatre sacs pleins de courses et j'ai dû le prendre sur un bras. Une fois arrivé à la maison, je ne sentais plus mes doigts, en plus du fait que, pour sauver la planète, les sacs en plastique du supermarché sont devenus transparents et que si on se met à les regarder fixement, ils fondent. L'un s'était déchiré dans l'ascenseur.

Pendant que je rangeais les courses, Leo sillonnait la maison avec un balai, autre objet qu'il aimait à la folie.

J'ai décidé de lui donner à manger, alors j'ai réchauffé son déjeuner et l'ai installé sur sa chaise haute. Depuis le sevrage, Sofia lui donnait beaucoup de légumes mixés. Pendant que je le faisais manger, il a réussi par deux fois à intercepter de son bras la cuillère que je portais à sa bouche, aspergeant tout ce qui se trouvait alentour de purée verte.

J'ai nettoyé la nourriture répandue un peu partout, et quand je suis revenu vers lui pour lui faire manger le reste, il n'en voulait plus. Il voulait descendre de sa chaise. J'ai insisté un peu, mais il n'y avait rien à faire. Alors je l'ai pris et l'ai posé à terre, mais il avait peu mangé. Il lui arrivait d'arrêter de manger seulement parce que ça l'ennuyait ; il fallait alors le distraire avec quelque chose, un jeu, des sons produits avec la bouche, un livre, une vidéo. Je l'ai poursuivi dans la maison avec assiette et cuillère.

J'ai fini par rendre les armes et lui ai donné des biscuits, il les a grignotés en semant des miettes partout.

Ensuite, je l'ai changé et l'ai mis en pyjama.

Quand j'ai eu quitté sa chambre et fermé la porte, j'étais l'homme le plus heureux du monde. J'ai levé les bras au ciel comme si j'avais gagné la Ligue des champions.

L'appartement était un champ de bataille, on aurait dit qu'une bombe venait d'exploser. J'ai rempli le lave-vaisselle, déplacé les ustensiles avec ingéniosité pour que tout y rentre, je n'avais aucune envie de faire la vaisselle à la main, pas même pour laver une cuillère.

Tandis que je poussais une tasse sous une soucoupe au risque de la casser, une pensée m'a traversé l'esprit : mon père n'avait jamais rempli le lave-vaisselle. Il sortait de la maison pour aller travailler et rentrait le soir, ne cuisinait pas, ne faisait pas la vaisselle, ne débarrassait pas, ni ne remplissait le lave-vaisselle. C'était ma mère qui s'occupait de tout.

Il ne poussait même pas la poussette quand nous sortions ensemble, et il est presque certain qu'il n'a jamais changé une couche de sa vie.

Les rôles étaient bien définis chez moi. « Mariage » vient du mot « mère », « patrimoine » du mot « père ». Le père travaille et gagne de l'argent, la mère s'occupe de la maison et des enfants.

Dès lors que les femmes ont commencé à s'occuper aussi du patrimoine, tout s'est emmêlé.

Moi, je dois être compétitif au travail et participer aux tâches ménagères. On fait tout ensemble, même pendant la grossesse. Quand je suis né, mon père était au travail, il est venu me voir le soir. Mais aujourd'hui, un homme qui ne serait pas présent dans la salle de travail semblerait peu impliqué et pas intéressé.

Le pire, c'est que j'aime contribuer au « mariage » et m'occuper de Leo. Je n'aime pas l'idée qu'il ne soit qu'avec sa mère, c'est pourquoi j'essaie toujours de rentrer à la maison avant qu'il aille se coucher. Même s'il me faut fournir un effort et que parfois il me reste peu de forces, j'aime lui donner son bain, le mettre en pyjama et l'endormir. Je veux construire avec lui une relation faite de moments passés ensemble.

Pendant que je pensais à tout cela, je ramassais les jouets éparpillés dans la maison et les mettais dans un panier. J'étais épuisé. J'ai entendu du bruit dans la chambre de Leo, il devait déjà être en train de se réveiller. Je suis allé le voir, j'ai posé une main sur son dos et j'ai murmuré des mots au hasard. Il s'est vite rendormi.

Je suis resté avec lui quelques minutes de peur qu'il se réveille à nouveau. J'avais encore trop de choses à faire.

Je le regardais dormir, et j'étais attristé que mon père n'ait pas eu le temps de le connaître. Son grand-père ne serait pour lui qu'un nom, le personnage de certaines histoires.

J'aurais aimé les voir ensemble, me promener avec eux. J'aimerais qu'il soit là maintenant, je sais qu'il saurait m'aider, je lui demanderais s'il a été confronté aux mêmes peurs que moi. Et puis j'ai eu cette pensée : quel souvenir Leo aura-t-il de moi ? Quel père serai-je dans ses récits quand je ne serai plus là ? Quelle sera la plus grande erreur que j'aurais commise ?

Je suis retourné dans le salon et j'ai travaillé un peu sur mon ordinateur. Moins d'une heure plus tard, Leo s'est réveillé. *Non, pas déjà !* Je suis donc allé le chercher. J'avais mal aux lombaires depuis quelques semaines, pour le sortir de son lit je devais plier les genoux pour épargner mon dos. Je l'ai emmené avec moi sur le canapé.

J'ai bientôt senti une mauvaise odeur.

— Allez, viens, que je change ta couche, je crois qu'elle est bien pleine !

Il était sale jusqu'au milieu du dos, ses selles avaient débordé de la couche et avaient taché tout son pyjama. Je l'ai changé et ai jeté le tout dans le lave-linge.

Ensuite, nous sommes retournés dans le salon et nous avons joué par terre. Je n'arrivais pas à trouver une position confortable, j'ai fini par abandonner et m'affaler sur le canapé.

Leo a commencé à circuler dans l'appartement, et au bout d'un moment a régné un inquiétant silence. Je l'ai appelé, il ne répondait pas, j'ai pris peur. J'ai couru dans l'autre pièce, il avait vidé tous mes tiroirs et ceux de sa mère. Il était par terre, recouvert de tee-shirts, de culottes et de chaussettes. Il faisait souvent cela. J'ai tout replié et remis en ordre, sauf un tee-shirt qu'il ne voulait pas me rendre, car l'entendre crier était la dernière chose dont j'avais envie.

Je n'avais rien pu faire de ce que j'avais prévu, mais j'étais épuisé comme après huit heures de chantier.

J'ai pensé à Sofia qui vivait à ce rythme depuis plus d'un an, sur le qui-vive. Il m'avait suffi d'un dimanche pour n'en plus pouvoir. Je n'aurais jamais tenu trois jours de suite.

Le lave-vaisselle venait de terminer son cycle. Quand Leo a entendu que je l'ouvrais, il a accouru. C'est un des spectacles les plus fascinants pour lui. Il prend des couverts, des assiettes, des verres, et parfois il me les passe. Ensuite, il essaie de monter sur la porte ouverte.

— Non, descends, tu vas la casser. Non, pose ce couteau, c'est dangereux. Cou-teau, non !

Quelle chance de travailler ! me suis-je dit.

Vers 17 heures, Sofia et Elisabetta sont rentrées.

— Il a mangé ?

— Oui, et aussi la banane quand il s'est réveillé.

— Il a fait caca ?

— Oui, il en avait même partout, j'ai dû tout changer. Salut quand même ! ai-je lancé avec ironie.

— Oui, pardon, je ne t'ai même pas embrassé.

Elle s'est approchée et m'a donné un bisou rapide sur la bouche. Ensuite elle m'a demandé si cela avait été difficile.

Comme si elle attendait une confirmation de ce qu'elle savait déjà, pour en tirer une petite satisfaction.

J'ai pris quelques secondes de réflexion avant de répondre :

— Non, normal. Nous nous sommes bien amusés.

22

Le dimanche suivant, nous rentrions d'un déjeuner chez les parents de Sofia et Leo dormait dans la voiture. Aucun de nous ne parlait, le dimanche après-midi me rendait toujours mélancolique.

Devant nous, une voiture tirait une remorque avec deux motocross couverts de boue.

Le dimanche est le jour des hobbies : cheval, moto, vélo, canoë, bateau, kart, voiture d'époque.

Chacun tente de survivre à sa propre vie comme il peut. En échafaudant des petites stratégies d'évasion.

Les jours précédents, j'avais répété et rerépété le discours par lequel j'allais annoncer à Sofia mon départ pour Berlin. Chaque fois, je modifiais quelque chose.

J'étais un peu nerveux et je me suis senti mesquin, comment était-il possible que j'en sois arrivé à ce stade ?

Je me suis regardé dans le rétroviseur, j'aurais voulu m'insulter à voix haute. Mais au lieu de cela, j'ai lancé :

— Dans une quinzaine de jours, je dois aller à Berlin pour le travail.

Mes mots l'ont comme arrachée à ses pensées, elle m'a regardé avec stupeur :

— Combien de jours ?

— Environ une semaine.

— Une semaine ?

— Oui.

Elle a soupiré, mais a gardé le silence quelques instants, puis elle a dit :

— D'accord, si tu dois y aller, je m'arrangerai. À moins que tu puisses te désister ?

— Hélas, je n'ai pas le choix.

Désormais je mentais sans aucun problème, c'était une des choses que la cohabitation m'avait enseignées.

Avant de vivre avec elle, je ne racontais jamais autant de fables, mais j'ai compris que pour notre bien-être commun, un petit mensonge de temps en temps était nécessaire. Être entièrement sincère, cela peut fonctionner dans une aventure, mais pas dans une relation longue. C'est parfois précisément avec nos proches les plus intimes qu'il est difficile d'exprimer certains désirs ou malaises sans les blesser.

Sofia n'avait pas l'air fâchée. Peut-être me sentais-je encore plus coupable du fait qu'elle l'accepte si bien.

— Tu pourrais demander à ta mère si elle pourrait venir.

— Une semaine avec ma mère, je risque de tuer quelqu'un, ça ne fait rien, je vais me débrouiller.

— Elisabetta pourrait venir, prendre un ou deux jours de congés.

Sofia m'a regardé comme si j'étais un imbécile.

— Mais tu crois vraiment que je vais demander à Elisabetta de prendre sur ses congés pour venir m'aider parce que toi, tu vas à Berlin ? Les gens ont une vie, tu sais !

— Ça ne me paraît pas si absurde, entre amis, on peut s'aider.

— Écoute Nicola, ne t'inquiète pas, tu pars à Berlin, et quand tu as terminé tes affaires, tu reviens. Tu verras que nous nous en sortirons très bien. Si tu dois y aller, tu dois y aller, je ne crois pas que tu aies le choix, n'est-ce pas ?

— En effet, ai-je dégluti.

— Alors la discussion est close.

Avait-elle compris que je mentais, que j'avais envie de ce voyage à Berlin pour faire une pause ? Je me suis demandé pourquoi je me sentais si contraint à mentir. Sofia aurait dû être la personne à laquelle je pouvais me confier librement. Mais il est parfois difficile d'énoncer une vérité sans risquer de la blesser.

Tout à coup, nous nous sommes retrouvés coincés dans les embouteillages. Leo s'impatientait d'être assis dans son fauteuil et a commencé à crier et pleurer. Nous étions au bord de l'explosion.

— Arrête-toi sur la bande d'arrêt d'urgence, il faut qu'on le change, tu sens ?

Comme nous étions sur la file de dépassement, il nous a fallu du temps pour atteindre la bande d'arrêt d'urgence. Leo n'avait pas cessé un instant de hurler.

Quand nous sommes arrivés à la maison, nous étions épuisés. Je me suis mis aux fourneaux tandis que Sofia donnait son bain au petit.

Dans la cuisine, nous avons deux cuillères en bois, une avec un long manche en bois, l'autre avec un manche court. J'aime utiliser la longue. Quand j'ai ouvert le tiroir, elle n'y était pas.

— Où est la longue cuillère en bois ?

— Quoi ?

— La cuillère en bois, la longue, où est-elle ?

— Je n'entends rien.

Je suis allé jusqu'à la porte de la salle de bains et je lui ai répété la question pour la troisième fois. Sans même se retourner, elle m'a dit :

— À sa place, dans le tiroir.

— Elle n'y est pas.

— Je n'y ai pas touché.

— Alors elle a disparu, ai-je répondu avec une pointe d'agacement dans la voix.

— La dernière fois, je l'ai vue dans le tiroir, peut-être l'as-tu mise quelque part et tu ne t'en souviens plus.

Déterminer qui a raison, dans un moment de ce genre-là, devient vite d'une importance vitale. L'eau du bain était encore en train de s'écouler, Sofia a enveloppé Leo dans sa serviette et m'a suivi dans la cuisine. Mon insistance l'avait agacée, elle était sûre de n'avoir rien à voir avec la disparition de cette cuillère.

Elle a ouvert le tiroir que je venais d'inspecter.

— J'ai déjà regardé, ai-je dit d'un ton exaspéré.

Elle m'a tendu la cuillère en bois au long manche.

— La voilà !

Elle avait toujours été là, et je ne l'avais pas vue. Cela m'arrivait souvent de ne pas voir les choses qui se trouvaient sous mon nez.

Je lui ai demandé pardon, même si j'aurais préféré bouffer cette cuillère.

Se tromper chez soi est parfois plus humiliant que devant mille personnes.

Le dîner de Leo était prêt et Sofia m'a demandé si je pouvais le lui donner pendant qu'elle prenait une douche. Avant chaque cuillerée, je prenais soin de bien souffler, j'effleurais avec mes lèvres pour vérifier la température de la nourriture et ensuite, je la lui donnais. Il avait très faim et s'impatientait, il hurlait entre deux bouchées. J'essayais de lui expliquer que c'était chaud mais il ne comprenait pas, il ne ressentait que la faim et son instinct lui dictait de la calmer.

Même s'il n'était qu'un enfant, il m'arrivait parfois, à cause de la fatigue, d'avoir envie de lui fourrer la cuillerée brûlante dans la bouche pour qu'il comprenne que j'avais une raison de le faire attendre.

J'ai plongé la cuillère au milieu du plat et, après avoir un peu soufflé, je la lui ai enfournée. Il s'est mis à pleurer la bouche grande ouverte, la langue et le palais en feu. Je m'étais trompé sans m'en apercevoir, au centre de l'assiette, la purée est toujours plus chaude. J'ai tout de suite mis mon doigt dans sa bouche pour retirer le plus possible d'aliment, j'ai essayé de le faire boire, mais il ne voulait rien savoir. Il pleurait de cette façon qui nous fait toujours très peur : après avoir crié, il se met en apnée, il cesse de respirer et sur son visage ne demeure que l'expression d'un cri qui n'émet aucun son, un cri muet. La première fois que c'était arrivé, nous avions cru qu'il allait s'évanouir.

Sofia est arrivée à toute allure en demandant ce qui était arrivé. L'avantage avec un enfant qui ne parle pas encore est que je peux mentir, minimiser ou carrément dissimuler ma faute. Je ne l'ai pas fait.

— Je ne m'en suis pas rendu compte, c'était trop chaud, je suis désolé.

Elle l'a pris dans ses bras pour le consoler.

C'est moi qui devrais le prendre dans mes bras, ai-je pensé, *ce n'est pas juste que ce soit elle qui le fasse, qu'elle me l'ait pris des mains, elle me fait passer pour le méchant qui lui fait mal et elle, la gentille qui le console.*

J'étais furieux contre moi-même pour cette erreur stupide, d'être un homme incapable de donner une bouchée à son enfant sans lui brûler la bouche, et contre elle qui était intervenue comme si j'étais un imbécile, et enfin contre Leo.

J'étais toujours effondré quand je faisais quelque chose qui risquait d'entamer sa confiance en moi, j'y tenais énormément.

Un jour, il avait fallu l'emmener aux urgences, il fallait lui faire une analyse d'urines mais il ne faisait pas pipi.

— Nous devons lui poser une sonde, nous a dit le médecin.

— Ne peut-on pas attendre encore un peu ? ai-je demandé pour tenter de lui épargner cette douleur.

— Il vaut mieux le faire maintenant.

Ils lui ont enfilé le tube. Je lui maintenais les bras sur le lit, il pleurait et me regardait, j'avais l'impression d'être un tortionnaire.

D'habitude, Sofia est très droite, elle ne me culpabilise pas trop quand je commets une erreur. Mais ce soir-là, tandis que je m'excusais, elle restait silencieuse, elle l'embrassait et le berçait sans même me regarder.

Je suis allé aux toilettes. Je cherchais mentalement un expédient pour partager la faute avec elle. Je fouillais dans ma mémoire en quête d'une situation où c'était elle qui lui avait fait mal involontairement. J'ai fini par trouver une échappatoire : si j'avais cuisiné plus tôt, le dîner de Leo n'aurait pas eu besoin d'être refroidi et aurait été à la bonne température pour être mangé. Je voyais déjà la scène, si j'avais sorti cette réplique-là, ç'aurait été pire que la fin du monde. C'est ainsi que je suis revenu sans dire un mot.

Sofia était en train de lui donner à manger. La situation s'était déjà détendue, elle n'y pensait plus et ne l'avait pas utilisé contre moi.

Tu ne dois pas faire des erreurs aussi stupides, putain ! me suis-je réprimandé.

23

Je me tournais et me retournais dans mon lit. Dans quelques heures, j'allais monter dans l'avion pour Berlin, loin de ma famille. Sofia était en train de se doucher, j'ai pris son oreiller et je l'ai calé sur le mien pour m'appuyer contre le mur. Accroché en face de moi se trouvait l'écriteau NE PAS DÉRANGER.

L'eau de la douche a cessé de couler. J'ai regardé la porte de la salle de bains en imaginant ce que Sofia était en train de faire. *Elle enfile son peignoir, une serviette sur la tête comme un turban, et elle va enduire son corps de crème. Ensuite elle viendra dans la chambre et enfilera sa culotte en faisant claquer l'élastique.*

Ce que j'aimais le plus était de la regarder quand, pour enfiler ses bas, elle posait un pied sur le lit et que sa jambe nue sortait du peignoir. Après toutes ces années, cette scène savait encore capter mon attention, de même lorsqu'elle mettait son soutien-gorge.

Quand elle est sortie de la salle de bains elle était déjà habillée : pas de serviette sur la tête, pas de peignoir. J'ai fait semblant de dormir, l'a-t-elle cru, ou

étions-nous en train de faire semblant tous les deux ?
Désormais, qui remarquait la différence ?

J'ai attendu qu'elle sorte de la chambre et qu'elle ferme la porte pour me lever et préparer ma valise. J'ai une méthode très simple : je prends des piles de tee-shirts, de chaussettes et de caleçons, et au fur et à mesure que je les mets dans la valise, je compte les jours à haute voix, mercredi, jeudi, vendredi. À la fin, j'en ajoute un de secours.

Avant de sortir, je vérifie toujours que j'ai mon passeport et ma carte de crédit.

J'étais prêt pour Berlin.

J'ai embrassé Sofia puis Leo.

— Ne regarde pas tous les nouveaux épisodes de *Mad Men*, attends-moi !

Sofia a ri. Il fallait qu'elle attende sept jours avant de savoir ce qu'allait faire Don Draper avec le docteur Faye Miller.

Quand je suis descendu, le taxi m'attendait déjà.

Ces derniers jours, j'avais souvent pensé au moment où je serais assis dans le taxi, tout seul, entamant ma semaine de liberté.

Mais immédiatement, les choses ont été différentes de ce que j'avais imaginé : j'ai ressenti à nouveau cette confusion des sentiments que j'avais appris à reconnaître depuis la naissance de Leo.

Sofia et lui me manquaient, j'étais en manque d'être avec eux. Avant d'arriver à l'aéroport, j'étais déjà en train de faire défiler des photos d'eux sur mon téléphone.

Dans l'avion, je me sentais un peu nerveux, je n'avais jamais eu peur de voler, mais ce matin-là, sans que je m'y sois attendu, si. Depuis que Leo était né, mes inquiétudes s'étaient multipliées. Avoir un enfant m'avait exposé de façon permanente à mes fragilités, et surtout à la peur de le perdre.

Leo avait transformé les dimensions de ce que l'on peut appeler *présence*, il était une constante même lorsqu'il n'était pas avec moi. Il est impossible d'être vraiment seul, de fuir, c'est comme si une partie du cerveau était toujours connectée à ce lien et qu'elle ne pouvait s'en défaire. Il peut s'agir d'une image qui provoque en moi un sourire et me réchauffe le cœur. Parfois, ce sont des images de catastrophes, de tragédies, d'accidents terribles.

Une nuit, j'ai rêvé que nous ne le trouvions plus, et quand je me suis réveillé, je me suis mis à pleurer.

Je n'ai jamais été quelqu'un d'anxieux ou de pessimiste, mais si je monte un escalier avec Leo dans les bras, il me vient tout de suite à l'idée que je risque de tomber, de provoquer une blessure qui le marquerait pour toujours.

Dans l'avion, j'avais peur de mourir. Mais le plus étonnant, c'était que ma mort m'effrayait parce qu'elle signifiait ne plus pouvoir m'occuper de lui.

L'amour que l'on éprouve pour nos enfants est aussi porteur d'une infinie vulnérabilité.

J'étais déjà allé plusieurs fois à Berlin, y compris avec Sofia. J'y avais quelques lieux favoris, surtout des restaurants.

Après être passé à l'hôtel, je suis allé me promener. Marcher sans devoir faire attention à quelqu'un d'autre, sans aucune responsabilité, sans programme atténuait le manque de ma famille que j'éprouvais jusqu'alors. Plus le temps passait, moins ils me manquaient. Je me sentais léger.

Le matin, après un sommeil ininterrompu, je me réveillais avec la sensation d'être reposé, je prenais un copieux petit déjeuner sans que personne ne crie, puis je retournais dans ma chambre prendre une douche et me préparer pour la journée.

J'avais différents rendez-vous, tout se déroulait sans stress, dans le groupe de travail régnait une atmosphère détendue et j'avais beaucoup de temps libre.

Les appels téléphoniques avec Sofia avaient lieu quasiment à heure fixe, un le matin pour savoir si tout allait bien, et un le soir. Pendant la journée, nous nous envoyions des messages.

Parfois je sentais que nous n'avions rien de spécial à nous dire, comme si nous appeler était surtout un devoir plus qu'une envie.

C'était une sensation désagréable. J'essayais de combler les silences comme je pouvais. J'ai même réussi à me plaindre qu'à l'hôtel, à la place du sèche-cheveux traditionnel, était accrochée sur le mur une boîte couleur noisette dont sortait un tube envoyant de l'air chaud. « L'haleine d'un chien serait plus puissante. » Je n'ai même pas entendu si Sofia avait ri à ma plaisanterie.

Quand elle me demandait si je m'amusais, je cherchais à minimiser mon plaisir, je lui disais que, la plupart du temps, c'était d'un ennui mortel. Si j'avais rencontré le moindre petit problème au cours de la journée, je faisais en sorte qu'il occupe la moitié de la conversation. En réalité, je prenais du bon temps. Une nouvelle ville, des gens nouveaux, parler anglais, aller au restaurant tous les soirs : j'étais comme un coq en pâte.

Un beau petit groupe international s'était formé, composé de gens sympas et intelligents. Un monde en mouvement existait donc bien au-delà des murs domestiques. Le soir dans la chambre, avant de m'endormir, j'avais toujours envie de me masturber. Je crois que c'était dû à l'énergie des chambres d'hôtel. Quelquefois, je l'ai même fait, c'était bon d'être au lit tout seul et de pouvoir faire ce que je voulais. À la maison, même se branler était compliqué.

Une fois, juste après l'avoir fait, j'ai allumé la télévision et j'ai vu le dalaï-lama tout souriant, le regard serein et la voix posée, il parlait de choses profondes. Quant à moi, j'étais nu comme un ver, allongé sur le lit de l'hôtel. Je me suis senti vraiment dégoûtant, je me suis rhabillé sans attendre comme s'il pouvait me voir.

Ensuite j'ai éteint la télévision et, pendant que j'essayais de m'endormir, je songeais que si le dalaï-lama ne perd jamais le contrôle, ne s'agace pas, ne se met jamais en colère, c'est uniquement parce qu'il ne vit pas avec une femme, il n'est pas marié et, surtout, il n'a pas d'enfant. Si le dalaï-lama venait chez moi quelques jours et voyait comme je fais bien tout ce qu'il faut, il serait impressionné. J'essayais d'imaginer la scène, moi dans la cuisine à éplucher des carottes après une dispute avec Sofia, lui qui se lève du canapé, s'approche de moi et me met la main sur l'épaule.

— Mais comment fais-tu, Nicola ? Tu m'apprendras ? Comment trouves-tu en toi toute cette force ?

— Je ne sais pas, dalaï, c'est un mystère. Je cesse de m'interroger moi-même.

Et je me suis endormi en riant tout seul.

24

Un jour, pendant une pause-déjeuner, je me suis retrouvé assis à côté de Nadine, qui travaillait pour une société hollandaise. Je l'avais déjà croisée quelquefois, mais nous n'avions pas beaucoup parlé en dehors des saluts de circonstance. Elle était jolie, un peu trop mince à mon goût, mais son visage était doux et ses yeux verts captaient immédiatement l'attention.

Nous avons parlé musique, et de New York. Elle avait vécu à Brooklyn quelques années et, à cette époque, elle était sortie avec un garçon de Palerme, de sorte qu'elle parlait un peu l'italien. Elle vivait aujourd'hui à Amsterdam avec un nouveau compagnon.

Dorénavant, nous prenions souvent ensemble nos pauses-café. Notre rapport était simple, familier, et nous nous comprenions tout de suite.

Le matin, je me levais plus volontiers en sachant que j'allais la voir. Sa présence rendait les journées de travail plus belles, elle avait le pouvoir de changer mon humeur.

Je ne sais pas si elle était amoureuse de son compagnon, nous n'en avons jamais parlé. Un soir, à l'hôtel, avant de m'endormir, j'ai fantasmé un peu sur elle, pas seulement des fantasmes sexuels. J'essayais d'imaginer comment aurait pu être notre vie, j'avais l'impression qu'elle me comprenait mieux que Sofia.

Peut-être qu'avec elle, j'aurais pu être plus heureux.

J'avais déjà eu ce genre de pensées avec des inconnues, tandis que j'attendais à la caisse d'un supermarché, assis dans un bistrot ou dans le métro. Il m'arrivait même de l'imaginer avec une actrice quand je regardais un film : je me disais qu'elle était la femme qu'il m'aurait fallu.

Le dernier jour à Berlin, avant de rentrer à la maison, nous avons organisé un dîner tous ensemble. *Demain je reprendrai ma vie routinière*, ai-je pensé en sortant de l'hôtel.

Pendant le dîner, je me suis bien amusé, j'étais un peu ivre. Mon téléphone a sonné, je me suis levé et j'ai quitté la table. J'ai trouvé un coin tranquille pour répondre.

— Coucou, comment ça va ? Leo dort ? ai-je demandé en m'efforçant de cacher que j'étais ivre et un peu euphorique.

— Je l'ai couché il y a dix minutes. Que fais-tu ?

— Je suis au dîner avec toute l'équipe, tu sais, le dernier avant le départ.

Sofia ne m'a pas posé plus de question et m'a raconté qu'elle s'était disputée avec sa mère sur le fait qu'elle n'était pas allée chez eux cette semaine.

Je l'écoutais, mais je n'avais qu'une envie, c'était de retourner à table avec les autres.

— Elle seule est capable de m'énerver comme ça, c'est incroyable !

Je ne savais pas quoi lui répondre, cela ne m'intéressait pas le moins du monde, je m'ennuyais même :

— Toutes les mères sont comme ça avec leurs filles, ça fait partie du job.

— Cette fois-ci, elle a exagéré, c'est la goutte d'eau qui fait déborder le vase !

— Soit indulgente, c'est son unique petit-fils, et elle ne le voit pas très souvent, ai-je dit en me tournant vers la table pour apercevoir les autres rire.

— Pourquoi prends-tu sa défense ?

— Ce n'est pas ça, j'essaie juste de comprendre son point de vue.

— Il faut toujours que tu donnes raison aux autres, alors que toi-même tu ne la supportes même pas.

J'ai compris que, quoi que je dise, ça n'allait pas lui convenir, c'était une des situations où Sofia n'a qu'une envie, se disputer. Et moi je voulais seulement couper court.

— Les autres m'attendent. On se rappelle plus tard.

— Plus tard, je serai fatiguée, pas la peine de rappeler, on se voit demain de toute façon, a-t-elle dit sans colère ni amertume, mais je pouvais entendre une étrange fatigue dans sa voix, comme de l'abattement.

Nous nous sommes dit au revoir. Après avoir raccroché, je me suis exclamé à haute voix : « Quelle casse-couilles ! » Mais j'avais décidé de profiter de la soirée et suis retourné à table.

À la fin du repas, nous étions une dizaine à regagner l'hôtel. Nous avions convenu d'aller tous ensemble dans la chambre de Javier, un type de Madrid très sympa et toujours prêt à faire la fête, boire et se coucher tard. Son chef lui avait laissé sa suite pour la dernière nuit. De plus, Javier avait dégoté de la marijuana.

J'avais l'impression d'être de retour dans le passé, je ne m'étais pas retrouvé dans une situation de ce genre depuis des siècles.

J'avais l'intention de rester une heure, pas plus. J'ai commencé par prendre possession de l'ordinateur de Javier, j'avais envie de choisir la musique. J'ai d'abord mis Nicolas Jaar, *El Bandido*, puis Kalkbrenner. Sur la mélodie de *Sky and Sand*, j'ai eu la sensation d'être observé. J'ai levé les yeux : Nadine me regardait. Elle m'a souri, il y avait quelque chose de nouveau dans son regard, comme une idée. J'ai répondu à son sourire, puis me suis reconcentré sur la playlist. J'aurais voulu lever la tête, voir si elle était encore là à me regarder, mais j'ai eu peur de le faire.

J'ai enclenché une séquence mixée sur YouTube et me suis assis par terre pour bavarder. De temps en temps, je me retournais pour chercher Nadine, la façon dont elle m'avait souri s'était imprimée dans mon esprit et je n'arrivais pas à m'en défaire.

Je l'ai vue discuter avec un garçon et j'ai eu l'impression qu'elle était en train de flirter. Cela a provoqué une jalousie en moi que je n'avais pas éprouvée depuis des années.

Je la voyais rire et quelque chose me brûlait l'estomac.

J'étais bouleversé par ce que je ressentais.

J'étais en train de penser à combien je pouvais être stupide, quand quelqu'un m'a tapoté l'épaule. Je me suis retourné, c'était elle.

— Tiens, m'a-t-elle dit en me tendant un joint.
— Merci.

Elle s'est assise à côté de moi.

J'ai tiré quelques bouffées puis je le lui ai rendu. Elle l'a saisi, l'a tourné du côté allumé et l'a pris dans sa bouche puis s'est approchée de moi pour me faire une soufflette. C'est comme ça qu'on appelait cette façon de fumer quand on était jeunes, celui qui avait la partie incandescente soufflait et du filtre sortait la fumée que l'autre inhalait. C'était très sensuel.

Pendant qu'elle s'approchait de ma bouche pour la soufflette, elle m'a regardé de la même façon qu'auparavant, un regard qui encore aujourd'hui me revient à l'esprit. Un regard qui me pénétrait, me remuait, faisait vaciller toutes mes certitudes. Je l'aurais bien embrassée tout de suite, elle aurait pu faire ce qu'elle voulait de moi. J'ai compris que je n'étais plus aussi fort que je l'avais été.

Je n'avais pas fumé de joint depuis des années, je commençais à ressentir les effets de la marijuana. Nous bavardions, assis par terre, le dos appuyé contre le mur, nos jambes se touchaient et, de temps en temps, elle effleurait mon genou. J'étais très sensible à tous ses gestes.

Quand soudain, j'ai eu une illumination, j'ai compris ce qui me prenait de façon si totale. Ce n'était pas ce que je voyais sur son visage, mais ce qu'elle voyait. Je me sentais désiré, beau et attirant.

Je ressentais une virilité en sommeil depuis longtemps.

Je me plaisais davantage dans les yeux de cette fille que dans ceux de la femme que j'aimais, avec laquelle je vivais et avais un enfant. J'étais de nouveau un homme, un mec, un chasseur.

Peut-être sous les effets de l'alcool et de l'herbe combinés, j'ai commencé à me voir de l'extérieur, les expressions de mon visage pendant que je la regardais, lui parlais, et je me demandais quel genre de personne j'étais devenu. Comment pouvais-je la désirer, comment pouvais-je rêver d'être dans les bras de cette inconnue, alors que j'avais un petit garçon ? Je n'étais pas celui que je pensais être.

Tandis que toutes ces pensées me traversaient, elle a caressé mon visage, j'ai pris sa main pour l'arrêter et j'ai embrassé ses doigts.

— Il vaut mieux que j'aille me coucher.

Elle m'a regardé, un peu étonnée, elle ne s'attendait visiblement pas à cela.

— Tu es sûr ? C'est maintenant que la fête commence…

Alors elle s'est levée et s'est dirigée vers la salle de bains. Avant d'y pénétrer elle m'a regardé d'une façon qui a embrasé tout mon corps.

Et elle a disparu, laissant la porte entrouverte. J'ai regardé autour de moi, personne ne s'était aperçu de ce qui était en train de se passer.

Je suis allé devant la salle de bains et j'ai attendu, immobile, quelques secondes. J'ai ouvert la porte, elle m'attendait. Sans mot dire elle a relevé sa robe et a baissé sa culotte. Elle n'était pas complètement rasée, elle avait une petite touffe blonde. Cela faisait des années que je n'avais pas vu une femme nue autre que Sofia.

Elle s'est assise sur les toilettes et a commencé à faire pipi, et d'une main m'a invité à m'approcher.

Comme sous hypnose, j'ai marché vers elle. Quand je suis parvenu devant elle, elle a défait ma ceinture et déboutonné mon pantalon. Le sang continuait à bouillir dans mes veines. J'ai posé une main sur sa tête, puis de l'autre je l'ai arrêtée, je me suis penché, ai déposé un baiser sur son front et lui ai dit :

— J'en ai envie, mais je ne peux pas. Excuse-moi.

Je me suis rhabillé et suis sorti dans le couloir, en direction de ma chambre. Mon cœur battait la chamade, je n'avais plus éprouvé d'émotion aussi forte depuis des mois, des années peut-être.

Devant ma porte, en cherchant ma clé, j'ai pris mon téléphone et j'ai vu que Sofia avait essayé de me joindre. Il était trop tard pour la rappeler. Le lendemain, je lui dirais que j'étais déjà endormi quand elle avait appelé.

Je me suis demandé si ce qui venait de se passer pouvait être qualifié de trahison. Nous ne nous étions pas embrassés ni rien, toutefois une femme s'était déshabillée devant moi, je m'étais approché et elle avait défait mon pantalon. J'étais allé trop loin, j'aurais dû m'arrêter bien avant.

Que m'arrivait-il ?

J'ai toujours considéré le fait de tromper sa compagne comme un acte vraiment mesquin. Mon histoire avec Sofia était peut-être sur le point de s'achever, c'était possible, mais certainement pas par une trahison.

J'ai ouvert la porte, j'allais entrer quand j'ai entendu quelqu'un m'appeler. Je me suis retourné, c'était Nadine.

Elle s'est faufilée à l'intérieur de ma chambre.

Je n'ai pas réussi à lui dire de s'en aller. Elle a pris l'écriteau NE PAS DÉRANGER, l'a accroché à la poignée et a fermé la porte. Puis elle m'a saisi par le poignet et m'a attiré à elle.

25

De retour de Berlin, je ne me sentais pas bien, ma tête était sur le point d'exploser et je mangeais peu.

J'avais besoin de parler avec quelqu'un pour tirer au clair ce que je ressentais et qui m'épuisait, mais je n'y parvenais pas, pas même avec Mauro. J'étais étonné de découvrir que le sentiment que j'éprouvais n'était ni de la culpabilité ni de la honte, mais de la colère. Colère envers moi et envers Sofia.

Je n'étais pas en train de fuir mes responsabilités, je savais que j'en avais, mais si je me trouvais dans cette situation, c'était aussi de son fait à elle.

Sommes-nous dans une mauvaise passe, ou est-ce que tout est fini ? me demandais-je.

Notre relation en était à un point crucial, dangereux, c'est pourquoi je devais trouver le courage de lui parler.

Un soir, après le dîner, Sofia est allée coucher Leo. Je tournais dans l'appartement comme un animal en cage. Je ne pouvais plus repousser le moment ni faire semblant, il fallait que j'affronte la situation. Tout me semblait si étroit, si oppriment, comme si l'appartement avait rapetissé.

Je suis allé dans la cuisine, j'ai bu un verre d'eau, j'avais le souffle court. Quand Sofia s'est présentée sur le pas de la porte, je lui ai dit :

— J'ai besoin de te parler.

Elle s'est dirigée vers l'évier pour poser les assiettes sales.

— Je peux débarrasser les assiettes d'abord ?

Elle avait dit cela sans me regarder. Je n'ai pas répondu. Face à mon mutisme elle s'est retournée, quand elle a découvert l'expression de mon visage, elle a compris.

— Il s'est passé quelque chose ? m'a-t-elle demandé, inquiète.

— Oui, assieds-toi.

Un silence étrange a empli la cuisine, j'avais beaucoup à dire mais ne savais par où commencer. Pendant que je cherchais mes mots, elle m'a demandé :

— C'est quelque chose de grave ?

— Disons d'important.

Elle m'a observé quelques instants puis, comme si elle avait des soupçons :

— Cela a à voir avec ton voyage à Berlin ?

J'ai fait oui de la tête.

Sa physionomie a changé, comme si elle avait compris.

Tout me semblait immobile, statique, suspendu. Sofia attendait que je parle, et moi je me taisais.

Peut-être pour se distraire de ce qu'elle éprouvait, elle s'est levée, s'est dirigée vers l'évier et a rempli un verre d'eau. De dos, elle a dit :

— C'est ce que je pense ?

Je ne savais que répondre. Elle a bu et, alors qu'elle reposait son verre, elle a ajouté :

— C'est en rapport avec une autre femme ? Tu as rencontré quelqu'un ?

J'ai attendu une seconde, la gorge sèche, les mots avaient du mal à prendre forme.

— Oui et non.

— Qu'est-ce que ça veut dire, oui et non ? a-t-elle demandé en se retournant et en me regardant dans les yeux.

Son expression témoignait d'une fragilité inattendue.

— Ça veut dire que non, il n'y a pas d'autre femme, et que oui, j'en ai rencontré une.

— Je ne comprends pas.

J'ai dégluti. D'une main, j'ai commencé à jouer avec le bouchon d'une bouteille d'eau sur la table.

— Pendant mon séjour à Berlin, j'ai rencontré une fille. Le dernier soir après le dîner je suis allé à une fête, je te l'ai dit, et elle était là aussi. Nous avons commencé à discuter, j'ai bu, j'ai aussi fumé.

Pendant que je parlais, la mine de Sofia changeait, elle ne semblait plus effrayée, mais énervée. Elle m'a interrompu :

— Si tu as couché avec elle, tu peux t'arrêter là, et surtout ne te cache pas derrière l'excuse de l'alcool, ne me dis pas que tu l'as fait parce que tu étais ivre ou parce que tu avais fumé un joint.

— Je ne me cherche pas d'excuse, laisse-moi terminer.

Sofia a pris appui sur l'évier. J'ai repris mon récit.

— Pendant que j'étais avec cette fille, j'ai ressenti quelque chose que je n'avais pas ressenti depuis longtemps, depuis trop longtemps.

— Tu l'as baisée ? Dis-le-moi, inutile de faire traîner en longueur, a-t-elle lancé d'un ton de défi.

— Ne me coupe pas.

Elle a lâché le rebord de l'évier.

— Dans les yeux de cette fille, je me suis senti de nouveau vivant. Capable de séduire. Elle me regardait d'une façon que tu n'as plus.

Sofia était de plus en plus tendue, ses zygomatiques formaient maintenant un rictus.

— Avant que je parte, elle a été explicite, elle m'a dit clairement qu'elle voulait passer la nuit avec moi.

Je me suis tu. Nos regards étaient plantés l'un dans l'autre.

— Qu'as-tu répondu ?

— Je lui ai répondu non, et je suis parti dans ma chambre.

Sofia a poussé un long soupir, j'ai arrêté de parler quelques instants, je savais que j'arrivais à la partie la plus délicate.

— Tu es tombé amoureux et tu veux la retrouver ? m'a-t-elle demandé, sur un ton presque amical.

— Non.

— Alors je ne comprends pas. Tu es en train de me dire que tu as flirté avec une fille et que, si tu avais voulu, tu aurais pu passer la nuit avec elle ?

Sofia attendait une réponse, moi je cherchais les mots justes.

— Quand je suis allé dans ma chambre, elle m'a suivi et est entrée après moi.

Quelque chose dans le cœur de Sofia a semblé se défaire et tomber, une douleur profonde a surgi en elle, je l'ai compris à son regard.

— Tu es un vrai con, a-t-elle dit en avançant vers moi, tu es un vrai con, a-t-elle répété, ses yeux étaient devenus brillants en un instant.

Elle m'a poussé, je lui ai saisi les poignets.

— Attends, laisse-moi terminer.

— Ça ne m'intéresse pas, je ne veux pas écouter tes conneries.

— Et pourtant, il le faut, tu dois m'écouter.

Comme une bombe à retardement, Leo a commencé à pleurer, il s'était réveillé.

— Je dois y aller.

— Attends, laisse-moi terminer, il va peut-être s'arrêter.

— Lâche-moi, m'a-t-elle dit en élevant la voix.

J'ai libéré ses mains, elle a accouru vers Leo.

Je suis resté dans la cuisine à l'attendre, je n'avais pas terminé, il manquait encore la chose la plus importante.

Une dizaine de minutes plus tard, elle est revenue. Ses yeux étaient rouges, elle avait pleuré. Nous nous sommes regardés.

— Laisse-moi terminer, je t'en prie.

Elle a croisé les bras et est restée à côté de l'évier, loin de moi.

— Je lui ai demandé de sortir, elle m'a attrapé par la ceinture et elle m'a attiré vers elle.

— Arrête, je ne veux pas entendre ça, pourquoi veux-tu me donner ces détails ? Arrête !

— Nous nous sommes regardés. Et dans ses yeux je me suis vu comme je ne me souvenais même pas que ce soit possible. Cela a duré quelques secondes mais ça a suffi. J'ai pris son visage entre mes mains, mais j'ai compris tout de suite que je commettais une erreur, j'ai ouvert la porte et je l'ai poussée à l'extérieur.

— Je n'y crois pas.

— Je te le promets.

— Tu mens.

— C'est la vérité.

— Tu es en train de dire que tu n'as pas couché avec elle ?

— Je n'ai pas couché avec elle.

— Mais vous vous êtes embrassés.

— Non.

Sofia a replacé ses cheveux et a passé une main sur ses yeux, comme pour essuyer des larmes invisibles. Ensuite, elle s'est assise.

J'avais le cœur au bord des lèvres, les mains moites, j'étais tout retourné.

— Je suis désolé.

Tout était silencieux. On n'entendait que le bruit du réfrigérateur. Nous sommes restés comme ça pendant un moment, Sofia fixait le sol, et moi je la regardais. Puis elle a levé les yeux jusqu'à rencontrer les miens.

— Pourquoi me dis-tu ça ? Quel sens cela a-t-il ?

— Parce que je veux que tu le saches.

— Tu te sens coupable ? Tu veux t'ôter un poids ?

— Non, je veux que tu le saches parce que c'est de cela que nous devons parler.

— Que veux-tu que je te dise ? Que tu t'es bien comporté ? Je dois te féliciter de ne pas l'avoir baisée ?

— Non.

— Alors qu'est-ce que tu veux ? m'a-t-elle demandé en élevant la voix.

— Je veux que nous prenions un peu de temps ensemble pour nous dire ce qui ne va pas, parce que je ne veux pas attendre qu'il soit trop tard.

Sofia a marqué une longue pause.

— Ça l'est peut-être déjà.

J'étais convaincu qu'elle ne croyait pas à ce qu'elle venait de dire.

— Tu sais ce qui m'a arrêté, ce soir-là ?

Elle n'avait pas l'air de vouloir parler, ni même de répondre.

— C'est une image qui m'a arrêté. Une image de toi qui m'a donné la force de repousser cette fille hors de ma chambre.

— Et je devrais m'en réjouir ? a-t-elle dit d'un ton sarcastique.

— Attends, laisse-moi terminer. Ce n'était pas une image de toi aujourd'hui, c'était la Sofia d'autrefois, celle que j'ai connue à Rome, à qui j'ai demandé de venir vivre avec moi et avec laquelle j'ai rêvé, désiré et élaboré un avenir commun.

Elle me regardait et écoutait attentivement.

— Je ne sais pas si c'est moi qui ai éloigné cette Sofia, je ne sais pas si ç'a été de ma faute, la seule certitude que j'ai, c'est que c'est la femme que j'aime, avec laquelle je veux passer le reste de ma vie.

— Tu crois être encore le Nicola que j'ai rencontré ?

— Non.

— Bien, alors nous sommes à égalité. Nous sommes déçus tous les deux, a-t-elle dit de manière sèche et décidée.

Je n'ai pas eu la promptitude de répondre. Elle a poursuivi :

— Crois-tu que ce soit difficile seulement pour toi ?

— Non, je sais bien que…

— Laisse-moi parler. Tu crois que je ne me suis jamais demandé si j'avais fait le bon choix ? Je vivais seule, je sortais avec mes amies, je voyageais. Je me suis battue pendant des années pour obtenir le poste que j'avais. Je me suis donnée à fond, et j'ai mérité ma vie. Toi, tu n'as pas eu à renoncer à ton travail pour être ici avec moi. Moi, si. Il y a des jours où je n'arrive même pas à prendre une douche, à aller m'acheter une petite culotte ou à parler un moment au téléphone avec une amie. Regarde-moi dans les yeux, Nicola, regarde-moi bien, combien de fois t'ai-je reproché ces choses-là ?

— Jamais.

— Et tu sais pourquoi ?

Je n'ai rien répondu.

— Je ne l'ai pas fait pour toi, je l'ai fait pour moi et pour nous. Même si c'est difficile et qu'il me semble parfois que je deviens dingue, je vais de l'avant parce qu'à l'inverse de toi je l'ai choisi, j'ai dit oui à cette famille. Toi, après toutes ces années, après avoir eu un enfant, tu ne sais toujours pas ce que tu veux.

— Ce n'est pas vrai !

— Et pourtant si. Tu crois que je ne le sens pas ?

— Quoi donc ?

— Ce que tu as en tête. Tu crois que je ne me rends pas compte que tu aimes penser à ta vie d'avant, convaincu que tu pourrais être plus heureux sans nous, plus libre ? Tu l'as toujours fait, dès le début. J'ai pensé que tu avais besoin de temps, que je devais être patiente et que, si je te pressais, tu allais prendre la fuite. Mais je suis encore en train de t'attendre. Même Leo n'a pas suffi.

Je n'arrivais pas à parler, j'ai senti une vague de chaleur sur mon visage et un sentiment de honte m'envahir, comme si elle m'avait démasqué.

— Je sais que tu y penses de temps en temps, que tu aimes te réfugier dans ce recoin et fantasmer sur ce que tu serais ailleurs. Je te comprends, je suis tentée de le faire aussi parfois, mais cela ne dure pas. Nous avons un enfant et nous nous sommes rendu compte que le bonheur que nous pensions trouver n'était pas dans une pochette-surprise qu'il suffirait d'ouvrir, mais qu'il fallait se battre. Nous avons peut-être été ingénus, ou est-ce seulement ainsi que vont les choses, nous ne sommes pas les premiers, nous ne sommes pas les seuls. Ça, je ne peux pas y répondre, mais je peux te dire que je ne change pas d'idée et que je ne suis pas en train de chercher des échappatoires. Même quand tout paraît difficile et que toi, tu es ennuyeux, lourd et injuste, je ne vais pas chercher le bonheur ailleurs comme toi tu le fais.

— Je ne suis pas allé chercher le bonheur ailleurs, peut-être avais-je seulement besoin de comprendre.

— Comprendre quoi ?

— Que je tiens à vous, que je t'aime.

— Tu as eu besoin de cette chambre d'hôtel pour t'en rendre compte ?

— Peut-être que oui, et j'en suis désolé.

— Il a fallu que tu ailles jusque-là pour voir si cette vie était encore possible pour toi.

— Ce n'est pas vrai, c'est ici que je veux être. Je n'ai pas couché avec elle, je te l'ai dit !

— À ce stade, cela ne fait pas une grande différence, a-t-elle dit d'une voix posée.

Puis elle s'est levée et s'est rendue dans la salle de bains, peut-être avait-elle besoin de réfléchir.

Je suis resté dans la cuisine à attendre qu'elle revienne avec des mots nouveaux, des mots qu'elle était en train d'élaborer à ce moment même. Quand j'ai entendu ses pas se rapprocher, j'ai passé une main sur mon visage, j'étais prêt à poursuivre, mais elle, au lieu de me rejoindre dans la cuisine, a ouvert la porte de la maison et est partie.

Je suis allé m'asseoir sur le canapé et y suis resté, immobile, jusqu'à son retour.

Elle n'est pas partie longtemps, une petite heure. Elle ne semblait pas en colère quand elle est rentrée.

Je lui ai demandé de s'asseoir à côté de moi.

— Je n'ai pas envie, on en reparlera demain.

Elle s'est rendue dans la chambre, je l'ai suivie. Elle s'est retournée et m'a dit :

— S'il te plaît.

Et je l'ai laissée.

Ce soir-là, j'ai dormi sur le canapé.

Le lendemain matin, nous ne nous sommes pas dit grand-chose ; comme toujours, Leo occupait le devant de la scène et nous accaparait entièrement. Je suis parti travailler avec un poids énorme sur l'estomac.

Nous ne nous sommes pas téléphoné de la journée ni envoyé de message. J'avais du mal à imaginer ce qui allait se passer à mon retour. J'étais inquiet de ne pas la trouver à la maison. Mais, quand j'ai ouvert la porte, elle était là.

Nous avons dîné en silence, elle n'a pas ouvert la bouche de toute la soirée, et moi je ne sentais pas le goût de ce que je mangeais. Quand Leo s'est endormi, nous n'avions plus d'excuses, nous devions affronter la situation. C'est elle qui a pris les devants. Sa voix était calme, basse et posée. Celle qu'on emploie quand on veut vraiment être écouté. Je n'ai jamais su si ce qu'elle a dit naissait au fur et à mesure qu'elle le disait ou si c'était le fruit de ses réflexions de la journée et de la nuit précédente.

— Je ne veux pas me disputer, ni même reparler de Berlin, je veux seulement te dire que je sais que tu m'aimes ; quand tu me le dis, je te crois, je ne pense pas que tu me mentes. Mais la question est ailleurs. La question est de savoir si tu veux vivre avec moi, si tu veux de cette vie. Nous ne pouvons pas continuer comme ça. Je sais que je te l'ai déjà dit de nombreuses fois mais, je te le répète, j'ai besoin de te sentir présent, de sentir que tu es là, que tu es ici. C'est comme s'il y avait deux vies, celle-ci et celle que tu imagines, qui est dans ta tête, et le pire c'est que toi, tu n'es dans aucune des deux. Tu es là mais tu es ailleurs, comme si tu étais toujours posté devant la sortie de secours. Il faut que tu décides de ce que tu veux faire, et où tu veux être. Si tu veux être ailleurs, si tu penses être plus heureux sans nous, vas-y. Tu ne dois pas y renoncer par peur de me blesser. Je ne te demande pas de me le dire tout de suite. Prends le temps et l'espace qu'il te faut. Va chez Mauro, va à l'hôtel, va où tu veux et réfléchis. Réfléchis bien, et quand tu auras décidé, reviens me le dire.

Je me suis approché pour la prendre dans les bras, elle a reculé.

À partir de ce soir-là, j'ai dormi chez Mauro.

26

Le canapé de Mauro n'était pas très confortable, en revanche, lui était très présent et m'entourait de son affection.

Il a même réussi à me dire la phrase typique dans ce genre de situation : « Tu ne retrouveras jamais une femme comme elle, ne fais pas de bêtises. »

Un matin, il devait aller chez l'ophtalmologiste et m'a demandé de venir avec lui, on allait lui injecter de l'atropine et il fallait qu'il soit accompagné pour rentrer chez lui.

Dans la salle d'attente, j'ai pris une revue et commencé à la feuilleter.

— As-tu eu Sofia au téléphone aujourd'hui ?

— Non, on ne se parle pas trop ces jours-ci, ai-je répondu en reposant la revue pour en prendre une autre. Je tournais les pages rapidement, sans les lire.

— D'après moi, c'est aussi un peu ta faute, lui ai-je dit.

— Quoi donc ?

— Que Sofia et moi soyons dans cette situation.

— Carrément ! a-t-il rétorqué.

— Si tu étais dans une relation stable, nous pourrions nous aider réciproquement.

— Théorie intéressante…

— Si toi aussi tu avais des enfants, j'aurais un ami vivant la même situation que moi.

— Tu as Sergio.

— Mais Sergio est dans le même pétrin que moi, alors que c'est avec ton style de vie à toi que je me mélange les pinceaux. Je pense toujours aux mille choses que nous pourrions faire ensemble comme dans l'ancien temps.

— Mais de quel ancien temps tu parles ? a-t-il dit en souriant. Ce qu'il y a d'ancien ici, c'est nous. Regarde où j'en suis, j'ai besoin d'un accompagnateur, comme mon grand-père ! Désormais j'ai plus de poils sur les oreilles que de cheveux sur la tête.

— Tu es toujours un bel homme, l'ai-je flatté avec ironie.

— Tu te lasserais de l'ancien temps au bout d'une semaine, comme tu en étais déjà lassé quand tu as rencontré Sofia. Tu te souviens de la fois où elle a passé une semaine chez ses parents avec Leo ?

J'ai acquiescé.

— Avant leur départ, tu étais euphorique. Le premier soir après leur départ, nous sommes sortis ensemble, le deuxième aussi, mais le troisième tu en avais déjà assez.

— Mais quel est le rapport ? Nous n'étions pas séparés, ça n'a rien à voir.

— C'est pareil. Tu ne te souviens pas de ce que tu me disais ces jours-là ?

— Non, quoi ?

250

— Nicola, j'ai une mauvaise vue, mais toi tu as une mauvaise mémoire ! Tu me disais que c'était comme s'il te manquait un morceau de toi-même. Tu te sentais comme amputé.

— Amputé ? Mais c'est un mot horrible, je ne pense pas avoir employé ce mot-là !

— Et pourtant si, tu disais qu'être seul n'était plus comme avant. Ce sont tes propres paroles.

— Je crois que tu te souviens mal.

— Je me souviens parfaitement, au contraire. Si tu vivais ma vie, tu t'ennuierais à mourir.

— C'est toi qui t'ennuierais à mourir si tu vivais la mienne. Toi, si tu as envie de passer un week-end à Paris, tu sautes dans un avion et c'est parti, tu ne dois demander à personne.

— Bien sûr, mais je l'ai déjà fait souvent, et toi aussi. Tout ça, ce sont des choses que tu as déjà faites, tandis que ce que tu vis aujourd'hui, même si ce n'est pas facile, c'est entièrement nouveau. J'aime savoir que le week-end à Paris est possible, mais au final je n'y vais jamais. Nous ne voulons pas la liberté, mais l'idée de la liberté, l'illusion d'être libres. Ensuite, quand nous le sommes, il faut du talent pour ne pas s'ennuyer, et toi, ce talent, tu ne l'as pas. Et pour être honnête, moi non plus.

— Si je pouvais revenir à ma vie d'avant, je voyagerais partout.

— Tu te racontes des salades. Celui que tu étais n'existe plus, c'est une illusion, un piège de ton esprit. Il n'existe plus, et ta vie d'autrefois non plus. Au lieu d'aller de l'avant, tu veux retourner en arrière, mais ce passé auquel tu t'accroches n'existe que dans ton imagination, a poursuivi Mauro. Imagine-toi quand tu seras vieux, que tu auras plus de soixante-dix ans. Quels souvenirs aimerais-tu avoir à cet âge-là ? Réfléchis aux souvenirs que tu es en train de construire aujourd'hui. Lorsque les après-midi pluvieux de novembre, assis sur ton fauteuil, chez toi, tu repenseras à ta vie, laquelle voudrais-tu avoir vécue ?

Je n'avais pas de réponse.

Le tour de Mauro est arrivé, une infirmière l'a conduit dans le cabinet du médecin, je suis resté dans la salle d'attente à réfléchir à ce qu'il venait de me dire. Quand il est ressorti, on aurait dit quelqu'un d'autre. J'ai toujours été fasciné de voir combien l'expression des yeux peut changer les traits d'un visage. Il suffit d'un regard perdu pour ressembler à une autre personne.

À cette période, j'allais voir Leo pendant la semaine pour passer du temps et jouer avec lui, mais je ne dormais jamais à la maison.

C'est difficile d'expliquer la situation que Sofia et moi vivions. Nous étions dans une sorte de limbe, en dehors du temps et de l'espace, au cœur de l'incertitude de nos vies. Je me sentais comme en suspens.

Sofia n'était pas en colère contre moi, quand j'étais là, faisant des allers-retours entre la maison et le bureau, elle restait presque toujours à l'appartement, elle en profitait parfois pour aller faire des courses, ou encore se rendre à des entretiens professionnels. J'étais bluffé par sa façon de gérer la situation. Elle était dans l'attente que je décide si j'allais rester ou non. J'ai mesuré quelle force intérieure elle recelait pour ne pas m'envoyer balader. À sa place, mes réactions auraient certainement été régies par l'orgueil.

J'avais un nœud à l'estomac quand je quittais la maison pour aller chez Mauro : ils me manquaient immédiatement. Et pourtant, j'étais effrayé à l'idée de revenir, je craignais qu'après l'enthousiasme initial tout recommence comme avant.

Je me demandais si j'aimais Sofia ou l'idée de la famille.

Dans mon esprit, une multitude de sensations, de décisions et d'humeurs différentes se succédaient. Ce n'était pas simple.

Chaque jour, Mauro tentait de me faire revenir à elle en trouvant de nouveaux arguments.

— Si tu veux que je libère ton canapé, tu n'as qu'à me le dire, lui ai-je dit un jour alors que nous faisions les courses au supermarché.

Il a ri, arrêté le chariot et m'a répondu :

— Après ma séparation d'avec Michela, je ne sortais qu'avec des femmes en couple ou mariées. Tu te souviens ?

— Bien sûr.

— Plus elles me semblaient heureuses avec leur homme, plus j'avais envie de me les faire. Je voulais leur montrer, ainsi qu'au monde entier, que leur bonheur était une illusion, un jeu de dupes, un mensonge. Ça ne me suffisait pas de les séduire et de coucher avec elles, je voulais bouleverser leur vie. Quand j'y parvenais, j'avais la sensation d'avoir accompli une bonne action.

— Quel est le rapport avec ma situation aujourd'hui ? Tu as envie de te faire Sofia ?

— Mais qu'est-ce que tu racontes ? Je te dis ça parce que je n'ai jamais ressenti entre vous qu'il s'agissait d'un bonheur fictif. Vous avez l'air bien réels.

— Tu en es sûr ?

— Je ne pense pas la même chose de Sergio et Lucia.

— Quoi donc ?

— Leur histoire est différente de la vôtre.

— Dans quel sens ?

— Sergio a fait un enfant avec Lucia parce qu'il voulait être avec elle, Lucia voulait un enfant, mais pas forcément avec Sergio. S'il avait refusé, elle en aurait eu un avec un autre homme, avec le même élan, le même amour.

— Je ne sais pas, je n'y ai jamais réfléchi.

— Ne pas avoir d'enfant, c'est comme faire une promenade à la campagne. Tu croises un arbre au bord d'un ruisseau, tu peux t'asseoir à l'ombre de son feuillage, piquer un somme, manger un fruit. Plutôt agréable il me semble, pas de quoi se plaindre. Avoir des enfants, c'est plutôt comme marcher en montagne, l'ascension est bien plus difficile que la plaine, mais quand tu regardes autour de toi, tu vois des paysages qu'on ne peut apercevoir d'ici. La vie que tu as choisie est celle avec vue sur la mer, alors arrête de te lamenter dès que tu es confronté à une côte un peu raide !

— Eh bien, quelle métaphore, tu as un talent d'écrivain. Sans même parler de l'histoire du poulet qui voulait voler !

— Ne te moque pas, je l'ai presque terminée.

— Jure-le !

— Je le jure.

Nous avons éclaté de rire.

Quand nous sommes rentrés chez lui, Mauro est allé droit à son bureau, a ouvert son tiroir et m'a rapporté un cahier.

— Voilà quelques pages de l'histoire du poulet.

— Tu m'as soûlé parce que j'écoute des vinyles, et toi, tu écris au stylo ?

— J'ai commencé comme ça un soir, et je n'ai pas eu envie de tout retaper à l'ordinateur.

J'ai lu quelques lignes. Son texte était drôle, il était vraiment pas mal.

— Quand tu auras fini, je veux absolument le lire.

— Bien sûr, tu seras mon premier lecteur. Mais je n'arrive pas à écrire un roman. J'ai décidé de faire un recueil de nouvelles.

— Tu as d'autres histoires ?

— Oui, elles sont toutes tristes. En ce moment, je travaille à une nouvelle géniale, ça parle d'un homme moche qui tombe amoureux d'une fille moche. Il travaille énormément, s'oblige à de nombreux sacrifices et, avec l'argent qu'il gagne, il lui offre une opération de chirurgie esthétique. Elle se fait refaire le nez, les seins, les lèvres et perd tous les kilos qu'elle avait en trop. Elle commence alors à se faire draguer par des hommes qui ne la regardaient même pas auparavant, et elle finit pas sortir avec l'un d'eux, et son fiancé moche, seul et sans argent, décide de se pendre.

J'ai éclaté de rire.

— Mais d'où te viennent toutes ces idées à la con ?

— Un recueil de nouvelles tristes, d'après moi, ça va faire un carton. Ce sera un best-seller ! a-t-il ajouté en riant.

J'ai posé le cahier sur la table basse et je l'ai regardé dans les yeux.

— J'ai une question à te poser, mais il faut que tu me répondes sincèrement.

— Vas-y.

— Serais-tu prêt à renoncer aux promenades dans la plaine pour aller en montagne et profiter de la vue ?

Il n'a pas répondu tout de suite, nous nous sommes scrutés et, j'ai beau le connaître depuis des années, je n'arrivais pas à interpréter son regard.

Il a fini par déclarer :

— Bien sûr que oui… si j'étais quelqu'un d'autre !

Et nous avons ri.

Cela faisait déjà deux semaines que j'étais chez Mauro.

Je devais aller à Rome pour le travail. Le matin, avant de prendre le train, je suis passé dire bonjour à Leo.

Quand je suis entré dans l'appartement, il a foncé vers moi, il voulait que je le prenne dans mes bras tout de suite. Rien que ça aurait pu suffire à me faire revenir, mais Sofia et moi étions persuadés que rester ensemble pour un enfant n'était une bonne chose pour personne, pas même pour le petit.

Quand je lui ai dit que je partais pour Rome, elle a eu une expression que je n'oublierai jamais.

Nous nous sommes retrouvés tout seuls dans la cuisine, j'avais envie de lui parler, de lui dire quelque chose.

— Je suis désolé de cette situation.

— Moi aussi.

— Comment en sommes-nous arrivés là ?

— Je ne sais pas.

— Où sont passées les deux personnes qui sont tombées amoureuses à Rome ? Nous les avons dévorées ?

— Elles ne sont passées nulle part, c'est nous.

— Tu crois que nous ne pouvons plus être comme ça ?

Elle est restée silencieuse, m'a regardé, puis elle a repris :

— Je n'ai plus envie d'être l'une de ces deux-là. Je ne veux pas revenir en arrière, je ne veux pas penser à ce que nous étions, ce n'est pas dans cette direction que je veux tourner mon regard ; ce qui m'intéresse, c'est où nous sommes aujourd'hui et là où nous allons. J'étais bien à cette période, j'ai de magnifiques souvenirs, mais maintenant je désire d'autres choses, je veux une vie d'adulte avec un homme à mon côté. J'aime nos responsabilités. Les deux personnes que nous avons été ne voulaient pas rester ce qu'elles étaient, sinon elles auraient fait d'autres choix. Elles voulaient grandir, vivre de nouvelles expériences, former une famille. Je partage leurs rêves, je n'ai pas changé d'avis, j'aime penser qu'elles avaient raison. Je n'aimerais pas qu'elles se soient trompées.

— C'est ma faute si nous en sommes là.

— Ce n'est pas uniquement ta faute, c'est notre faute à tous les deux. Nous avions besoin de faire une pause, de sortir de ce chaos pour pouvoir réfléchir, mettre de l'ordre dans nos idées et savoir s'il y a encore quelque chose à sauver ou si, au contraire, c'est trop tard.

Ces mots m'ont glacé le sang.

— Qu'est-ce que tu veux dire ?

— Tu m'as dit que la Sofia que tu voulais était celle d'autrefois, celle que tu as connue et pas celle que je suis devenue. Je ne te l'ai pas dit ce jour-là, mais veux-tu que je te dise un secret ? Cette Sofia ne me plaît pas non plus. Je ne l'aime pas, pas plus que sa vie, absolument pas. Moi aussi, je suis convaincue de ne pas être en ce moment la meilleure version de moi-même, je le sens et je le vois, mais j'ai toujours trouvé la force d'aller de l'avant en pensant qu'il ne s'agissait que d'une période. L'autre jour, cependant, j'ai compris que toute seule, je n'y arriverais pas, je suis fatiguée. Fatiguée de passer des journées entières à me dire que je suis à la juste place.

Je la regardais, tentant de comprendre où elle voulait en venir.

— Je ne sais plus si je suis prête à vivre avec un homme qui peut mettre ma vie en danger comme tu l'as fait. J'ai perdu confiance en toi, tu es parvenu à effacer l'idée que j'avais de toi et je n'arrive plus à la faire correspondre avec ce que tu es. Nous pouvons tous nous tromper, mais toi tu as balayé un espace où j'aimais être, un lieu où je me sentais en sécurité. Le monde pouvait tourner comme il tourne, moi j'avais un espace de sécurité où je me sentais protégée, et je n'avais besoin de rien de plus. Ce ne sont pas les voyages, les dîners ou notre façon de faire l'amour qui m'ont fait tomber amoureuse de toi, tout cela était magnifique, mais je pouvais aussi l'avoir avec d'autres. En revanche, ce sentiment de protection, de confiance, d'avoir trouvé un abri dans le monde m'a liée à toi et m'a donné la force de tout quitter et de te suivre. Quand je l'ai trouvé, j'ai compris que c'était cela que je voulais, que j'avais toujours cherché et que je n'arrivais jamais à vraiment exprimer. La confiance. Aujourd'hui, cette confiance n'existe plus. Cela ne veut pas dire que je ne t'aime pas, je t'aime encore, Nicola, mais je n'ai plus confiance en toi.

Ses mots me blessaient, l'idée d'avoir rompu quelque chose me faisait souffrir. Elle a continué :

— Je te promets que j'essaie, de toutes mes forces, de faire en sorte que la situation redevienne comme avant. Mais pour le moment, je n'ai pas réussi.

27

Ses mots résonnaient dans ma tête.

Dans le train pour Rome, immobile, je fixais un point droit devant moi. Je n'ai pas regardé mon téléphone, ni ouvert un livre ou parcouru un journal. Tout était comme ouaté, comme si j'étais sous l'eau. À l'arrivée, j'avais l'impression que le voyage n'avait duré qu'un instant. Je suis descendu du train, j'ai pris un taxi, suis passé à l'hôtel sans même m'en rendre compte. Je me déplaçais comme un automate. Je risquais de la perdre, je risquais de tout perdre. Quand les choses allaient bien entre nous, je me sentais plus fort qu'elle, maintenant que nous étions en pleine crise, elle était plus solide. Ma tête bouillonnait de pensées, de questions, de confusion. Je ne parvenais à m'extraire de ces pensées que pendant les réunions de travail, puis je replongeais dans ces émotions contradictoires.

Le premier soir, je n'ai même pas réussi à dîner, je n'avais pas faim. Je suis resté à l'hôtel, allongé sur mon lit, à fixer le plafond. De temps en temps, je me levais pour faire les cent pas. Je ne m'étais jamais senti aussi seul que ces jours-là. J'éprouvais une douleur jusqu'alors inconnue, que je n'avais pas même ressentie à la mort de mon père.

Un jour, en sortant du bureau, je suis allé sur la place où j'avais rencontré Sofia, où tout avait commencé. Je voulais retrouver le bar où nous nous étions parlé pour la première fois, la table à laquelle nous étions assis, les parasols qui nous protégeaient du soleil.

Mais quand je suis arrivé, le bar n'existait plus, des renforts en bois recouvraient toute la façade de l'immeuble. Je me suis assis sur un banc près de la fontaine. J'essayais de revivre notre rencontre. Les images ont afflué à mon esprit. Je me suis souvenu de tout ce qui chez elle m'avait plu immédiatement, et lentement elle est apparue devant mes yeux, avec sa robe couleur noisette, sa coiffure, son visage épanoui, sa façon de bouger les mains.

Je souriais au souvenir de ce que nous avions été. C'est alors que j'ai compris ce que Sofia avait essayé de me dire : de même que le bar, ces deux-là n'existaient plus, ils ne vivaient plus que dans ma tête. Et je les ai laissés s'en aller.

Tandis que je revenais à l'hôtel, je me suis souvenu de ce que Mauro m'avait dit. C'était lui qui avait raison, le passé auquel je continuais de penser n'existait plus, comme n'existent plus les vies que je n'ai pas choisi de vivre. Seul le présent est réel, et dans mon présent Sofia et Leo manquaient cruellement.

J'ai éprouvé une légèreté que je ne connaissais plus depuis longtemps.

Le lendemain matin à la gare, je me suis retrouvé sur le quai de notre premier baiser. J'ai ressenti comme un sentiment d'appartenance, comme la première fois que je l'avais rencontrée : Sofia n'est pas un choix, elle ne l'a jamais été. Quelque chose nous unit au-delà de nos volontés. Je pourrais dresser une liste infinie de ce que j'aime chez elle, mais je ne pourrais jamais comprendre *pourquoi* je l'aime. C'est un mystère insondable, et je ne peux qu'adhérer à ce mystère, à cette volonté. Je ne peux savoir si et combien de temps cela durera, ni si un jour nous nous réveillerons et que cela aura disparu. Mais aujourd'hui, j'ai trouvé le courage d'accepter ce saut dans l'inconnu, ce hasard, ce risque. Rien n'est sûr, à part ce que je ressens maintenant.

Pendant le voyage de retour, j'ai eu la sensation de découvrir le paysage pour la première fois, alors que je l'avais observé à maintes reprises.

Le soir, sur le canapé de Mauro, je n'arrivais pas à trouver le sommeil. Sa question m'est revenue à l'esprit : quels sont les souvenirs que tu voudrais avoir de ta vie ? J'ai fermé les yeux et j'ai essayé de trouver une réponse.

Des images me sont apparues, et sur toutes ils figuraient tous les deux, Sofia et Leo.

J'ai compris que c'était vraiment ce que je voulais, ce chaos, cette confusion, les couches, les pleurs, le désordre, le bruit.

J'étais prêt à me laisser aller, à cesser d'opposer de la résistance.

Hauts et bas, ordre désordre, silence bruit, confusion calme, en fin de compte, tout ça, c'est la vie.

J'ai pensé à mon père, j'ai eu la sensation qu'à cet instant il était proche de moi.

Depuis que mon fils était né, je pensais à lui d'une manière différente. C'était comme si la relation avec

Leo avait la capacité de mettre de l'ordre dans certaines choses que mon père et moi avions laissées en suspens. Je le sentais plus proche et je le comprenais mieux. J'ai compris beaucoup de choses le concernant, et me concernant.

Il était une heure du matin, je me suis habillé et je me suis rendu là où je devais être, je suis rentré à la maison.

Quand j'ai pénétré dans la chambre, Sofia s'est réveillée, on aurait dit qu'elle allait faire un infarctus.

— C'est moi.

— Que se passe-t-il ? m'a-t-elle demandé, effrayée.

— Rien.

J'ai allumé la lampe de chevet, nous nous sommes regardés quelques instants en silence. Je me suis déshabillé et me suis glissé dans le lit, elle s'est tournée de l'autre côté et a éteint la lumière.

J'ai ressenti une douleur à la poitrine. J'avais décidé de rentrer, j'avais enfin compris où était ma place, mais il était peut-être trop tard. Sofia est quelqu'un de plus déterminé que moi, si elle avait décidé que c'était fini entre nous, rien ne la ferait changer d'avis. Je ne savais pas quoi faire, si je pouvais la prendre dans mes bras, si je devais lui parler ou attendre le lendemain. C'est elle qui est revenue vers moi en reculant dans le lit, un geste qu'elle faisait toujours quand elle avait envie d'être câlinée. Elle aimait la position des cuillères. Elle a pris ma main et l'a portée à son visage. Je l'ai serrée dans mes bras.

Elle voulait me sentir, que nous soyons l'un contre l'autre.

Je me suis approché encore pour m'imbriquer parfaitement avec elle. Elle tenait ma main dans la sienne, proche de ses lèvres. Je sentais la chaleur de son souffle. Elle m'a donné un petit baiser sur les doigts.

Ma bouche près de son oreille, j'aurais voulu lui murmurer ce que j'éprouvais et ce que j'avais enfin compris, mais j'ai laissé l'étreinte parler d'elle-même. *J'ai eu besoin de temps, mais maintenant, je sais ce que je veux. Je t'aime Sofia, comme je ne t'ai jamais aimée, et je te veux dans ma vie. Je veux m'endormir avec toi, dormir avec toi, me réveiller avec toi. Te voir quand j'ouvre la porte de chez nous, manger avec toi, voyager avec toi, avoir des milliers d'enfants avec toi. Je veux tout de toi. Si je dois me disputer avec une femme, je veux que ce soit avec toi, parce que chaque fois que cela nous est arrivé, ensuite je t'ai aimée encore plus. Je t'aime même quand je ne te supporte pas. J'aime tout de toi, même ce que je n'aime pas. Rien ne peut m'empêcher de t'aimer, pas même la vie.*

J'étais convaincu qu'elle avait entendu tout ce que je lui disais. J'ai embrassé sa tête. Son visage était chaud. Elle a serré mes doigts dans les siens, j'ai senti qu'ils étaient mouillés.

28

Les relations intimes sont une quête de vérité. Elles sont le miroir qui expose nos fragilités, nos peurs, nos limites. L'idée d'avoir affaire à quelqu'un qu'on ne connaît pas et qui n'est pas l'autre peut faire peur, mais il permet de découvrir une autre facette de soi dont on ignorait tout.

J'ai voulu me retrouver en Sofia. Et elle aussi.

Un jour, dans le train, j'étais assis à côté de deux vieilles dames. À leur façon de se parler, on aurait dit deux sœurs. L'une d'elle, qui lisait un livre, en a lu un passage à l'autre : « On pourrait dire que l'amour n'est autre que la joie de se perdre et de se dissoudre dans l'autre. »

S'atteindre soi-même en se perdant dans l'autre, voilà ce que je n'étais jamais parvenu à faire, et c'était cela que Sofia attendait de moi.

La résistance aux changements est la racine de mes difficultés les plus profondes.

Mes indécisions et le fait de vouloir rester lié au passé fragilisaient Sofia, comme si je ne l'avais pas vraiment choisie. Elle le sentait.

Avant même qu'arrive Leo, nous avions donné corps à un *nous*, et ce *nous* était une entité, une dimension, une force qu'il fallait protéger, défendre, nourrir, au risque de la voir se consumer et qu'il soit impossible de la ramener à la vie.

J'ai mis du temps à le comprendre. Il m'a fallu de la volonté, de la détermination, du courage, il m'a fallu éprouver la peur de tout perdre. Pour maintenir en vie ce *nous*, il m'a fallu renoncer à mes défenses et permettre à Sofia de voir des choses de moi que j'avais toujours cherché à cacher ou à dissimuler.

Je m'en suis remis à elle, Sofia peut me détruire en un instant.

Aujourd'hui, nous sommes heureux. Sofia a recommencé à travailler, nous avons une baby-sitter qui nous aide avec Leo, elle s'appelle Isabella, elle a vingt-cinq ans et est très affectueuse envers lui. Elle a été d'une importance capitale, et aujourd'hui encore, même si Leo va à la crèche, il nous arrive de faire appel à elle.

Nous nous sommes aménagé du temps pour nous. Nous avons commencé par quelques déjeuners le week-end, quelques dîners pendant la semaine.

Peu de temps après être revenu à la maison auprès de Sofia, je lui ai proposé que nous partions pour une nuit.

— Et Leo ?

— J'en ai parlé à ma mère, nous partirions samedi et serions de retour dimanche. Il y a aussi Isabella.

Elle a souri.

C'était la première fois que nous dormions loin de lui.

Le samedi matin, nous avons dit au revoir à Leo dans les bras de sa grand-mère.

Dans l'ascenseur, nous nous sommes sentis un peu fautifs et, pendant le voyage, nous nous sommes dit qu'il allait peut-être pleurer toute la journée ou refuser de manger ou de dormir. Nous avons appelé ma mère.

— Il est en train de jouer, il est tout tranquille, a-t-elle répondu.

Quand nous sommes arrivés dans notre chambre d'hôtel, sur la table de nuit se trouvaient une corbeille de fruits et une bouteille de champagne frappé. Cela faisait partie d'une formule comprenant aussi le petit déjeuner et un massage pour chacun.

Nous avons trinqué, puis j'ai pris Sofia dans mes bras, et petit à petit, je l'ai entièrement déshabillée avant de la soulever et de la déposer sur le lit.

J'ai commencé par lui embrasser les pieds, les chevilles, les mollets. J'ai saisi ses genoux et j'ai ouvert ses jambes. Je remontais doucement en embrassant chaque centimètre de sa peau. Je connaissais par cœur ce corps, et pourtant il me semblait tout nouveau, retrouvé.

Quand, de la langue et de la bouche, j'ai goûté sa saveur, elle a reçu comme une décharge électrique, pendant un instant elle a eu des soubresauts, a tremblé et agrippé le drap. Je suis resté là longuement, ses halètements augmentaient, son corps qui, quelques minutes auparavant, était souple et détendu, devenait de plus en plus contracté et rigide. Elle s'est arquée légèrement en arrière et son bassin a commencé à onduler doucement.

Ses gémissements se sont accélérés, on aurait presque dit des pleurs, jusqu'à ce qu'un cri étouffé annonce qu'elle avait atteint l'orgasme et que j'aie senti son plaisir contre mes lèvres.

Je me suis arrêté et j'ai attendu quelques instants, je savais qu'à ce moment elle était extrêmement sensible. Puis, petit à petit, j'ai recommencé et, en quelques secondes, elle a joui une deuxième fois.

J'ai continué de remonter en embrassant son ventre, ses hanches, ses seins, ses épaules, son cou, ses lèvres. J'ai relevé la tête et nous nous sommes regardés dans les yeux. Nous nous sommes retrouvés dans ce regard, nous étions là, c'était nous, les deux de toujours. Nos yeux se sont emplis de larmes et nous nous sommes redécouverts dans cette émotion profonde, réelle, intense. Dans ce regard, nous avons retrouvé ce que nous cherchions depuis toujours.

Je l'ai pénétrée, j'ai plongé le visage dans son cou en inspirant profondément. Son odeur et son goût dans ma bouche m'ont fait l'effet d'une drogue naturelle, mes perceptions étaient décuplées. Nos mains jointes, les doigts entrelacés, nous avons fait l'amour pendant un temps très long, envoûtant. Ensuite, nous sommes restés enlacés d'une façon que seuls ceux qui ont risqué de se perdre peuvent s'offrir. Immobiles, l'un dans l'autre, nous avons plongé dans un sommeil profond et, quand nous nous sommes réveillés, nous n'avions plus la force de bouger. Nous n'avons même pas pu descendre pour le massage.

Avant d'aller dîner, nous nous sommes assurés que Leo allait bien :

— Il a tout mangé et s'est endormi immédiatement, a dit ma mère.

Nous étions presque un peu déçus de découvrir que nous étions moins indispensables que nous ne l'avions toujours cru.

Sofia s'est habillée et maquillée pour le dîner. Quand je l'ai vue sortir de la salle de bains, j'ai eu envie de la déshabiller à nouveau. Elle était toujours pour moi la femme la plus attirante qui soit. J'ai pris son visage entre mes mains et je l'ai embrassée puis, main dans la main, nous sommes descendus au restaurant. Même dans l'ascenseur, je ne lui ai laissé aucun répit, mes lèvres sur les siennes.

Pendant le dîner, nous n'avions pas à poursuivre notre fils, lui donner à manger, le changer, le coucher. Il n'y avait que nous, et nous n'avions pas à nous dépêcher de rentrer à la maison. Le temps retrouvé nous semblait infini.

À table, je l'ai observée pendant qu'elle parcourait le menu, et je me suis rendu compte que j'étais amoureux, heureux, comblé.

Nous avons beaucoup discuté, comme auparavant, j'ai même réussi à la faire rire quelquefois, chose qui m'a toujours rempli de joie. Nous étions comme un couple au premier rendez-vous.

Nous avons bu une bouteille de vin rouge, et en rentrant dans la chambre, nous étions éméchés.

J'étais sûr que nous allions faire l'amour, mais en réalité nous nous sommes endormis dans les bras l'un de l'autre.

Nous avons dormi toute la nuit sans interruption. Pour elle, c'était la première fois depuis plus d'un an.

Le matin de cette nuit mémorable, nous avions tant et si bien dormi qu'au réveil nos visages étaient gonflés de sommeil.

Aucun message ni appel de la part de ma mère, tout allait bien à la maison. Au lit, nous avons regardé des photos de Leo sur nos smartphones. Il nous manquait déjà.

Nous avons pris conscience de combien il avait grandi :

— On a parfois besoin de photos pour s'en rendre compte, a dit Sofia.

Nous sommes remontés jusqu'à la période de sa grossesse. Nous nous sommes regardés sans rien dire, puis Sofia est allée prendre une douche.

Je suis resté au lit, j'étais heureux de nous, de notre vie, de ce que nous avions fait depuis que nous nous étions rencontrés.

Quelques jours plus tard, j'étais allongé sur le canapé, Sofia et Leo étaient en train de jouer face à moi sur le tapis. Elle de profil, lui de dos, je ne voyais pas ses expressions, il jouait avec les cubes de bois que, finalement, il commençait à utiliser. Je les regardais en silence, sans participer. Bien que je m'efforce de comprendre Sofia du mieux possible, il y aura toujours une partie d'elle qui m'échappera, et peut-être est-ce ce qui nous maintient ensemble, non pas tant ce que nous savons l'un de l'autre, mais ce qu'il nous reste à découvrir.

Ensuite j'ai regardé Leo : la forme de sa nuque, ses oreilles, ses cheveux, son dos. Parfois, rien qu'à le regarder, j'ai ressenti une vague de chaleur m'inonder, une force que je n'avais jamais perçue auparavant.

Dans des moments comme celui-là, où rien de particulier n'a lieu, je sens que cela en vaut la peine. Tous les petits découragements, les discussions dans ma tête, les tensions, les renoncements, les sacrifices et la fatigue s'évanouissent, s'évaporent et laissent place à une sorte de béatitude que je peux éprouver seulement grâce à eux deux.

Un jour, Leo avait de la fièvre, il se tenait lové dans mes bras et ne voulait pas que je le laisse. Il était bouillant, il avait passé un bras autour de mon cou et émettait des petites plaintes. Je le serrais fort pour le faire se sentir en sécurité, lui faire comprendre que j'étais là pour lui, que je n'allais partir nulle part.

Il était faible, il tremblait un peu, et dans ce moment de fragilité est survenue une chose inattendue : mon fils m'a libéré de toute peur. Je me suis senti puissant. Je me suis senti autorisé à l'être. Je ne sais en vertu de quoi, ni de qui, mais tel était mon sentiment.

Plus je le protège, plus je protège ma famille, plus je me protège moi-même. Plus je prends soin d'eux, plus je me sens en sécurité, à l'abri de mes craintes et de mes doutes infinis.

Sofia a été mon risque et tous les deux, ils sont ce qu'il peut arriver de plus beau à un homme comme moi. Durant cette première année avec Leo, c'était comme si nous avions oublié la raison pour laquelle nous étions ensemble, l'un à côté de l'autre.

Aujourd'hui, nous savons mieux gérer notre temps et trouver un nouvel équilibre. Nous nous disputons encore, mais nous savons que notre relation n'est pas en danger, nous pouvons nous accorder le luxe des querelles.

Il n'y a pas grand-chose de parfait dans notre relation, après toutes ces années passées ensemble, je peux le dire sans hésiter. Cela a été un travail permanent d'attentions, de compromis, de choses à mettre en ordre, à réparer. D'inventivité.

Je sentais qu'elle était la bonne destination. Cela a été l'unique certitude, non pas une raison, mais une sensation, une projection. Elle a tout de suite été mon repère à suivre.

Sofia a marqué une séparation nette entre un avant et un après. La vie avant elle est à des années-lumière de distance, à tel point qu'il me semble qu'elle n'a jamais existé. Ses images se sont évaporées.

Depuis que Sofia est arrivée, les choses importantes ont commencé à avoir lieu. Elle a fait se concrétiser mes attentes.

Le soir, quand je rentre à la maison, Leo vient vers moi en criant : « Papa, papa, papa », il me serre les jambes, veut que je le porte dans mes bras, il me sourit, m'embrasse et me serre le cou.

Quand je le repose par terre, il me prend par la main et m'emmène vers sa chambre, puis il me montre où il a envie que je m'asseye. Nous jouons ensemble jusqu'au dîner. Quand je vais ensuite le coucher, il me fait un bisou de bonne nuit, toujours en riant.

L'amour dont tout le monde m'avait parlé m'a complètement submergé, et j'ai compris que c'est la drogue la plus puissante et la plus pure qui soit. Le temps passé avec lui est précieux.

Ce que Leo a apporté dans mon existence est quelque chose de si grand et si profond que je me demande si la vie auparavant avait un sens. Il m'arrive, au cours de la journée, de penser à lui et d'être profondément ému.

Ce jour-là, après notre première nuit seuls à l'hôtel, je me suis levé et je me suis habillé. Sofia est sortie de la salle de bains.

— On va prendre le petit déjeuner ? J'ai une faim de loup !

Silencieux, je l'ai regardée dans les yeux.

— Viens voir ici un instant, lui ai-je dit en la prenant par un bras et en l'attirant vers moi.

J'ai défait la ceinture de son peignoir, que j'ai ouvert et fait glisser par terre. D'une main j'ai saisi son cou, je me suis approché de son visage et je l'ai embrassée sur la bouche. Je l'ai poussée contre le mur, j'ai soulevé légèrement sa jambe et je l'ai prise comme ça. Je sentais la peau chaude de son corps. Au bout d'un moment, elle m'a arrêté et, le regard vissé au mien, elle m'a fait asseoir sur le lit, elle est montée sur moi et m'a fait jouir comme ça. Quand nous sommes descendus pour prendre le petit déjeuner, on aurait dit que nous n'avions pas mangé depuis des jours.

Nous avons commencé par du sucré, puis nous sommes passés au salé. On nous a apporté du café américain et nous en avons bu une cafetière entière.

Dans la voiture, lors du trajet de retour, nous n'avons pas beaucoup parlé, nous profitions encore du temps ensemble, du calme qui régnait. Le silence était précieux, nous voulions en savourer chaque miette.

Aucun de nous ne souhaitait le faire durer davantage, au contraire, nous étions impatients d'arriver à la maison et d'embrasser Leo. Nous voulions être tous les trois ensemble, sans lui il nous manquait un morceau, notre petite bande était incomplète.

Quand il nous a vus, il s'est mis à courir et s'est jeté dans les bras de Sofia, je me suis approché et les ai serrés dans les miens.

Nous l'avons reposé par terre et il s'est mis à courir dans l'appartement. Moins d'une minute plus tard, il s'est cogné la tête contre la table basse du salon. Il a fondu en larmes. Ce n'était rien de grave, juste une marque rouge qui aurait tôt fait de devenir bleue.

Sofia l'a pris dans ses bras et m'a dit quelque chose que je n'ai pas pu entendre à cause des cris.

Nous nous sommes regardés et avons éclaté de rire.

Faites de nouvelles rencontres sur pocket.fr

- Toute l'actualité des auteurs : rencontres, dédicaces, conférences...
- Les dernières parutions
- Des 1ers chapitres à télécharger
- Des jeux-concours sur les différentes collections du catalogue pour gagner des livres et des places de cinéma

Découvrez
des milliers de
livres numériques chez

12-21

→ *www.12-21editions.fr*

12-21 est l'éditeur numérique de Pocket

 |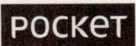

Composition et mise en pages
Nord Compo à Villeneuve-d'Ascq

Imprimé en France par **CPI**
en janvier 2018
N° d'impression : 3026314

POCKET – 12, avenue d'Italie – 75627 Paris Cedex 13

Dépôt légal : février 2018
S27460/01